Norman Manea

DER TRENCHCOAT

Steidl

1. Auflage Januar 1990

Umschlaggestaltung: Klaus Detjen
Gesetzt aus der Bembo der H. Berthold AG, Berlin.
Herstellung:
Steidl Verlag, Düstere Straße 4, 3400 Göttingen
ISBN 3-88243-144-X

DER TRENCHCOAT

Jetzt werden die Berichte nicht mehr im Amtszimmer abgegeben. Das Verfahren hat sich geändert, man hat eine originellere Lösung gefunden, sollte nach einigen Wochen Alexandru I. Stoian seinem Freund, dem Unschuldigen, erklären.

In Privatwohnungen? Private Informanten und private Gespräche? Wie, also? Das Gespräch verläuft weniger spröde? sollte unschuldig die Frau des Unschuldigen fragen.

Verwirrung... die wirre Stimme eines wirren Zustands, ein trübes Stimmengewirr, das dumpfe Geraune dieser Zeit. Das Gekeuche und das Rauschen und das Gestottere, das man Zeit nennt.

Mit Zustimmung der Bewohner, selbstverständlich. Vertrauenspersonen, oder solche, die verpflichtet sind, welche zu werden. Zweitschlüssel oder vorgeplante Treffen, sollte Alexandru I. Stoian, Ali genannt, im summarischen Stil dieses Codes verdeutlichen.

Die Stimme der Zeit, wie sie den im modernen Chor überlagerten Stimmen entwächst, in die laute Kakophonie der Gegenwart, welcher der Erzähler das Timbre ablauscht, den konfusen Rumor.

Ja, es wäre möglich, daß diese Wohnungen auch ohne die Zustimmung der Bewohner genutzt werden, wenn keiner zu Hause ist. Es könnte schon möglich sein, aber ich glaube es nicht, sollte argwöhnisch und ausweichend, in der Art der Zeit, der vorsichtige Ali anfügen.

Doch all dies gehörte noch der Zukunft an. Die Zukunft, die Konjugation der Ungewißheit?

Die kleine und unmittelbare Zukunft. Schon gegenwärtig, schon vorbei, klein schon, doch enorm.

Vorerst heißt dieser verregnete Sonntagabend Gegenwart. Dichter schwarzer Wolkenbruch. Die Stadt kauert unter dem Erdboden, zig Meter, Hunderte Meter unter dem Erdboden. Eine gespenstische unterirdische Niederlassung, in Finsternis eingehüllt, zusammengepfercht unter dem flüssigen Bombardement.

Das Auto der Familie Stoian kommt auf den finsteren und nassen Straßen nur schwer voran, steuert auf ein Abenteuer zu, das noch verborgen liegt in Nacht und Schicksal.

Schließlich war es nicht mehr zu vermeiden. Fortwährend habt ihr Vorwände erfunden, doch seid ihr nicht davongekommen, setzte Ioana ihre Provokationen fort.

Das Paar auf den Rücksitzen schweigt, Ioana gibt nicht auf.

Ich freue mich, verzeiht. Ich freue mich über das Unglück anderer? Jetzt sind wir wenigstens nicht mehr allein, wir ertragen gemeinsam die Langeweile der Konversation und die Launen von Frau Beldeanu.

Ja, aber es wird sich ausgleichen, mischt sich der Gatte am Lenkrad ein. Das Essen, die Getränke, die Musik. Laß die positive Seite nicht aus, vergiß die positive Seite nicht, Genossin Professor, die positive Seite ist das Ziel der Pädagogik, werte Genossin.

Seit einigen Jahren sind die Besuche ausgeblieben, habt ihr's gemerkt? übernimmt Ioana die Sticheltaktik ihres Mannes. Bei einem lateinischen Volk, wie unserem, das zu Geselligkeit und Gesprächigkeit neigt! Müdigkeit, Niedergeschlagenheit... auch hat man nichts anzubieten. Und dann die Entfernungen, die Busse fahren selten...

Aber die Lust, vor allem die Lust darauf, die Lust auf Begegnungen ist abhanden gekommen. Alle hocken sie in ihren Höhlen und vermeiden es, herauszukommen. So können wir also unseren vornehmen Gastgebern dankbar sein. Eine seltene Gelegenheit, mal raus und unter Leute zu kommen. Ein wirkliches Abenteuer.

Ich... ich hätte schon lange eingewilligt, läßt sich schließlich von hinten die anmutige Felicia vernehmen. Sie haben viel zu viel drängeln müssen all die Jahre. Schließlich ist es ein Höflichkeitsbesuch, mehr nicht. Damit sie nicht glauben, wir hätten was gegen sie. Die Sache war die, daß...

Die Sache war die – das Kind wollte nicht, ich weiß. Der Junge erträgt Lady Di nicht, ich weiß, er hat es oft genug wiederholt. Sie kann er nicht leiden und den Genossen Gatten meidet er. Vorbeugend, ich weiß. Gesundheitsvorsorge, ja, ich kenne die Erklärung. Auch wir sterben nicht vor Liebe zur Familie Beldeanu. Aber Ali kann Bazil nicht zurückweisen. Sie sind Redaktionskollegen, es ginge nicht.

Die Schaltung erfordert Gewalt, die Scheinwerfer schneiden schmale Streifen aus den nassen schwarzen Straßen. Vorsichtiges Vorantasten, ein langer und beschwerlicher Weg bis ans andere Ende der Stadt. Eine Unterwasserfahrt scheinbar, einen Augenblick lang tauchen die Wohnblocks auf, merkwürdige Monstrositäten auf dem Boden einer riesigen, unüberschaubaren flüssigen Unermeßlichkeit. Aber hier in der Kapsel ist's angenehm. Ioana hat sich die Haare jungenhaft kurz schneiden lassen, Typhusschnitt, wie man sagte, steht ihr nicht schlecht, Felicia hat den neuen schwarzen Mohairpullover mit dem perfekten italienischen Schnitt angezogen, angenehm, nicht, bei dieser trägen unterseeischen Bootspartie, während die Natur ringsum ihre Vitalität und Größe durchsetzt.

Ich sage euch, Bazil ist großartig, nimmt angeregt Ali, der Chauffeur, das Gespräch wieder auf. Vor zwei Wochen war ich mit ihm auf einer Farm draußen, nahe bei Bukarest. Der Direktor der Farm ist sein früherer Kollege aus den Höheren Politischen Kursen. Er versorgt ihn mit Hühnern und nicht nur damit. Auch er braucht selbstverständlich ab und zu Bazil.

Zeitungsmensch, Hauptstadt, man kann nie wissen, wiederholt die delikate Felicia in geziertem Ton, um anzuzeigen, daß sie am Gespräch teilnimmt.

Du beleidigst mich, meine Liebe. Auch ich bin bei der Zeitung und wohne in der Hauptstadt.

Nicht von dir war die Rede. Du weißt sehr gut, daß es nicht um dich ging.

Gut Felicia, gut, es ist vermerkt. Bazil hat mich selbstverständlich zur Hühnerjagd eingeladen. Es ist selbstverständlich schwer, bei so etwas abzusagen. Selbst Spatzen nimmst du heutzutage hin, bloß um nicht Tage und Nächte in den Schlangen zu verbringen. Schließlich fuhren wir, Dienstag vormittag, mit Bazils Wagen. Ich fragte mich, was wohl der Hintergrund sein mag. Heute sind sie doch schon bereit, sich für einen Tropfen Benzin umzubringen. Dreißig Liter im Monat?! Das reicht nicht einmal, um zur Arbeit zu fahren, selbstverständlich, selbstverständlich...

Schweigen, Befremden. Sollte dies eine Anspielung auf den Benzinverbrauch von heute abend sein? Ioana kramt nervös in ihrer Handtasche, als hätte sie die letzten Worte nicht gehört. Eine Dummheit, Ali hatte es sofort gespürt, doch es war nichts mehr zu machen, die Erzählung muß im gleichen Rhythmus wieder aufgenommen werden.

An der ersten Tankstelle halten wir an. Genosse Beldeanu zieht selbstverständlich den Presseausweis heraus. Er beginnt zu erklären, daß er im Dienst sei, er brauche Benzin. Sie hören nicht einmal zu. Sie sind schon längst immun gegen alle Tricks. Lassen sich bloß mit Bakschisch erweichen, und auch da nicht einfach so, jederzeit. Die Presse beeindruckt sie nicht mehr, auch die Partei nicht, nichts. Abgestumpft, selbstverständlich, völlig abgestumpft; man muß etwas absolut Verrücktes erfinden, um sie aus ihrer Apathie zu reißen. Bazil gibt nicht nach, selbstverständlich. Er besteht darauf und zuletzt bittet er darum, den Genossen Oberst Adam anrufen zu dürfen. Dieser ist der Chef der Wirtschaftsmiliz in diesem Bezirk; alle kennen sie ihn. Sie haben selbstverständlich nicht mehr aufs Gespräch gewartet, haben den Tank gefüllt. Das ist Bazil, unschlagbar! Wißt ihr, wie er sich nennt? Er ist nicht mehr der Genosse Vasile Beldeanu wie früher. Bazil. Kurz, amerikanisch. Der Name hat sich auf französische

Art verkürzt ... doch der Stil hat sich dem Zeitalter angepaßt, amerikanisch. Einfach, direkt. Bazil, Journalist. Was glaubt ihr, was er bei der Rückfahrt gemacht hat? Er hielt selbstverständlich bei einer anderen Tankstelle an. Wiederholte das Manöver. Zu Hause kam er mit vollem Tank an. Unschlagbar! Bei unscheinbarem, blassem Äußeren. Großartige Energie, müßt ihr wissen. Eben auch sein Haus. Im Botschaftsviertel! Ihr werdet sehen ... und das Essen, die Getränke. Ihr werdet vergessen, in welchem Jahr und an welchem Ort wir leben, ihr werdet sehen.

Laß das Gerede, paß auf dein Lenkrad auf! Bei diesem Regen und der Finsternis landen wir vielleicht noch an einem Baum, ermahnt Ioana didaktisch. Verdunkelung als wäre Krieg. Dunkel. Auf den Straßen, in den Häusern. Die Fahrstühle bleiben plötzlich stehen, das Wasser fließt, wenn keiner mehr darauf hofft. Die Kinder wollen die Fahrstühle nicht mehr betreten, wußtet ihr das? Sorin, unser Sohn, sagte uns die neue patriotische Verpflichtungsformel auf:

Werde groß und kräftig
auch ohne was im Bauch.

Lachen, der Witz scheint neu. Das Lachen, die Scherze, die Umrisse der Zeit. Ringsum die Natur, voll feierlicher Ungeduld mit ihren gewaltig tobenden Kräften, aber hier im Torpedo die Entspannung, das Wetterleuchten, das den Abgrund erleuchtet. Bis in die Tiefe?

Ioanas neues Kostüm, ihre langen weißen Handschuhe, ihre bösartigen Wespenstiche im Kontrast zur mäßigenden Rolle des Chauffeurs, Felicias Lächeln einer populären Gioconda, ihre klare Rundfunksprecherstimme und der Zufall, der Beobachter, der Empfänger... die Zeit, die nach ihrer Verkörperung sucht?

Das hätten die gern... fuhr die Wespe fort.

Diese, also jene, also *der,* wir wissen schon, wer.

Doch wenn wir schon von den Kindern reden... was macht Das Kind? Er hat kein Wort gesagt, unser Palavern langweilt ihn.

Aber nein, im Gegenteil, im Gegenteil, stottert die Baßstimme von hinten.

Aber, aber... dann sag auch du was. Der arme Bazil ist eigentlich nur so ein Ferkelchen, kein Gorilla.

Aber Dina Eisberg... so hieß sie doch, nicht? wendet die Wespe sich dem Herrn auf der Rückbank zu, der weiterhin gleichgültig zum schwarzen zerfließenden Fenster hinaussieht. Eisberg, sicher. Eis, so nannte Ali sie, und er versteht was von Kühlschränken. Sie läßt alles erfrieren, was ihr begegnet. Oder etwa nicht? Man weiß nie... Plötzlich stellt man fest, daß, ganz im Gegenteil... Nun, was sagst du, schließlich seid ihr doch aus der gleichen Stadt, schließlich kennst du Fräulein Goldberg ja schon seit langem. Oder Salzberg? Nicht vielleicht Süßberg, was, wenn sie Süßberg...

Oh, oh, versucht Felicia den Angriff aufzuhalten. Dina schätzt ihn, damit du's weißt. Wenn es mal vorkommt, daß ich ihr begegne, ist das erste, was sie immer und immer wieder wiederholt, wie außergewöhnlich er im Lyzeum war. Ich bitt dich, der Star der Kleinstadt.

Als spräche sie nicht über jemand Anwesendes, als wäre, trotzdem, allein das Abwesende der wahre Empfänger, der einzige, der auf die Stimmen der Ereignisse achtete, die ihre Deutung suchten.

Aha, aha, stammelte Ioana, ohne den Blick zu wenden, und sah plötzlich sehr aufmerksam auf Windschutzscheibe und Lenkrad. Und warum, frag ich, will Der Junge seine frühere Kameradin nicht wiedersehen? Da wird doch was dahinter stekken. Vorsicht, Felicia, da wird doch was dahinter sein.

Nein, diesmal nicht. Diesmal sicher nicht, hört man Felicias kindliches Lachen. Nein, nein, bloß daß wir die neue Klasse meiden, soviel.

Schweigen, ein weiterer Augenblick der Verstörtheit... berührt die Unterstellung etwa auch Familie Stoian? Vielleicht war's ein Scherz, wer weiß, Ioana aber beeilt sich, das Ziel wieder anzupeilen.

Es kann auch was aus der Pubertät sein, das nicht bewältigt worden ist. Man kann nie wissen. Die gefährlichsten Liebschaften sind solche, die in einem anderen Alter wiederkehren. Atomexplosionen, Katastrophen, das Ende der Welt. Man kann nie wissen... Was sagt Der Junge, welcher Meinung ist Das Kind?

Der Junge, Das Kind, Der Unschuldige, Der Gelehrte verlängert das Schweigen.

Keine Gefahr, keine Gefahr, läßt sich schließlich die Baßstimme vernehmen. Keine Gefahr, ich hab alle Schweinereien zu ihrer Zeit gemacht. Das heißt, beinahe alle.

So, nun laßt bitte die Hänseleien, schaltet sich wieder einmal die Beschützerin des Schweigsamen ein. Vergeßt nicht, daß ihr mir versprochen habt, den Besuch nicht zu überziehen. Ich stehe morgen sehr früh auf, ich hab euch vorgewarnt, nehme den Zug im Morgengrauen. Sonst kann ich nicht schon am Dienstag zurückkommen. Den Montag, bloß den Montag, der Direktor hat mir bloß den Montag frei gegeben. Du, Ioana, du weißt, was es heißt, mit dem Genossen Chibrit zu tun zu haben. Paß bitte auf, daß wir nicht zu lange bleiben.

Es folgen Fragen nach Felicias Mutter, die krank in einem Städtchen an der Donau lebt, die Situation jener alten Menschen wird kommentiert, die weder von den Rettungswagen noch von den Krankenhäusern mehr aufgenommen werden... die vermischten Stimmen des Abends, das wirre Rumoren, das Sich-Entziehen, Humor und Nachsicht und Künstlichkeit... Ioanas giftige Ironien und Alis Neutralisierungsstrategie und Felicias kontemplative Distanz... für dich, Beobachter,

Unschuldiger... das Geheimnis des Augenblicks, der schon gestorben ist und vorbei, das tiefe, ungehörte Keuchen des Augenblicks, der kommt; glücklicher Zufall und Abgrund und die Frage, die ihre Unwägbarkeiten ausmalt.

Langsam und vorsichtig kommt das Stoiansche Auto voran. Je mehr sie sich dem Viertel zwischen den Seen nähern, um so mehr Lichter tauchen auf, die Straße wird breiter, die Alleen werden eleganter, eine beruhigende Landschaft, weit, sieh, da tauchen auch die Wachhäuschen auf, vor denen die Milizionäre stehen, frierend vor Nässe und Kälte. Die Straßen, Sträßchen, die diskreten Alleen verzweigen sich sanft, eine strebt aus der anderen auf Gärten und Villen zu.

Vor dem bewaffneten Wachposten, der plötzlich auftaucht, bleibt kaum Zeit, das Auto abzubremsen. Ali kurbelt das Fenster herunter, der Posten bückt sich herab, prüft den Ausweis, hört sich die Erklärung an: Familie Beldeanu, hinter der Botschaft, im Hof, Freunde, Einladung, Unterhaltung. Ja, er kennt Familie Beldeanu, die Dame, den Herrn, das heißt den Genossen Beldeanu, gewiß. Er salutiert vorschriftsmäßig, ja, man kann durch.

Es ist nicht die amerikanische Botschaft und nicht die französische, lediglich die Botschaft Ghanas. Und doch will's was heißen, ihr werdet schon sehen, ermuntert Ali seine Besatzung.

Das Auto biegt nach links ab, fährt am Wachposten vorbei in den Hof, in den Hintergrund des Hofes neben die dichten Laubbäume, wendet sich nach rechts, fertig.

So, das war's. Hier, diese Villa.

Noch ein Augenblick des Zögerns. Die Passagiere trauen sich nicht, das Fahrzeug zu verlassen. Noch blicken sie unentschlossen in die schwere, phosphoreszierende Nacht, die aus dem tiefen Himmel fließt, aus dem tiefen und trüben Ozean ohne Sterne, ohne Mond.

Fertig, schnell, von Bord mit euch, befiehlt Ioana. Die Köpfe unter Regenschirmen, unterm Trenchcoat, jeder wie er kann. Bloß einige Schritte, schnell, schnell, einige Schritte und wir sind an Land.

Tatsächlich, bloß zwei, drei, vier, fünf Schritte, und sie stehen vor der Tür. Ali drückt kräftig auf die Klingel, wiederholt es einmal, zweimal.

Die schwere Tür aus massivem Holz öffnet sich prompt. Auf der Schwelle steht mit weit ausgestreckten Armen Don Bazil.

Oh, wie ich mich freue, daß ihr angekommen seid! Bloß Pech mit dem Wetter... doch legt ab, laßt eure Sachen hier an der Garderobe. Im Haus ist es warm, es ist alles da, und den Rest vergessen wir. Draußen ist Sturm und im Haus Frieden und Gemütlichkeit. So, so, tretet ein, tretet ein.

Angenehm, tatsächlich, warm, überall diese großen elektrischen Heizkörper. Und das große Haus, hell, die Möbel, ja, ja, weiße und rosafarbene Möbel, sieh mal einer an, wer hätte heutzutage so viel Eleganz erwartet... und schlechten Geschmack, und Wohlstand, und freundschaftliche Atmosphäre, nicht wahr... sieh, auch Dina, sie kommt die Treppen herab vom Schlafzimmer, hat ein langes Kleid aus gelbem Samt an und ebenso einen Turban auf.

Umarmungen, wie also... bloß Das Kind belastet unnütz den festlichen Augenblick. Dina kam auf ihn zu, wie auf einen Verwandten, den man nach langer Zeit wiedertrifft. Sie wandte sich ihm zu, lächelte, hatte, wie auf der Bühne, die Arme weit ausgebreitet, doch der Gast streckte ihr die Hand entgegen. Er hat sie nie leiden können, nicht wahr, diese vertrocknete Aufgeblasenheit, bei der selbst die einfachsten Gesten etwas Konventionelles, etwas Theatralisches bekommen, nein, nie hat er sie leiden können. Lady Di aber verliert nicht die Fassung, sie streckt ihm mit langer zeremonieller Geste die Hand entgegen. Der Junge beugt sich tief hinab, küßt die Hand, hält dann lange die zarten Finger der Kollegin in seiner kleinen Hand, studiert scheinbar aufmerksam die Maniküre und willigt dann, spät, in eine kurze angedeutete Umarmung ein.

Ihr seid zum ersten Mal hier, wendet Di sich wieder an Felicia. So zeigen wir euch also das Haus.

So wird die Wohnung besichtigt. Vasiles Büro. Das Boudoir der Gattin (eine ehemalige Gesindekammer, nicht mehr, präzisiert bescheiden die Gastgeberin und öffnet kurz die Tür des kleinen Zimmers mit Kanapee und Spiegeln). Die Küche, die riesige Speisekammer mit den vielen glänzenden Regalen und dem enormen Kühlschrank (heutzutage bist du verloren, wenn du keine Speisekammer und keinen Kühlschrank hast, schließlich kannst du ja nicht an die Ecke gehen in den Laden und alles kaufen, was du willst, mußt Vorräte anlegen, wie die Barbaren in Höhlen). Das Wohnzimmer, die Schlafzimmer, das prächtige Bad, weiße und rosa Kacheln, nicht wahr. Alles tadellos, sauber, glänzend, eine Pracht.

Whiskey oder Wodka, womit beginnen wir? nahm Bazil seine Rolle wieder auf. Die beiden Großmächte! Was mögt ihr lieber? Die Imperialisten, mit Sicherheit. Wir haben den Großen Bruder satt, ziehen die Imperialisten vor. Vorläufig, vorläufig. Auch die, auch die sind Schweine, da könnt ihr sicher sein, doch so ist der Mensch, er braucht Illusionen, was Neues. Also Whiskey?

Die Herren stimmen zu, die Damen zögern.

Ach, für die Damen haben wir Likör, wenn sie wünschen. Einen kubanischen Likör, ein Wunder, das versichere ich euch. Oder, noch besser, einen Martini. Mögt ihr Martini, aber sicher.

Felicia lächelt, ja, sie würde einen Martini vorziehen. Ioana spitzt die dünnen Lippen und lehnt ab. Sie zieht den Wodka vor.

Dann darf ich mir als alter Draufgänger auch einen genehmigen, schließt sich galant der Genosse Bazil an.

Aus der Küche taucht wieder Lady Di auf. Sie schiebt ein Tischchen auf Rädern mit einer großen Silberplatte vor sich her. Winzig kleine Sandwiches, fingerhutgroß. Winzig kleine Brötchen mit Kaviar, mit Sardellen, mit Käse und mit Schinken. Sie geht bei allen vorbei, bei Ioana, bei Felicia, bei Ali, bei Bazil, beim Unschuldigen. Jeder sucht sich eins aus, nein, besser zwei solcher Genüsse. Sie probieren, lächeln, staunen, freuen sich, schreien auf. Auch Der Unschuldige nickt, tja, exzellent, gibt Der Naive stumm zu und betrachtet aufmerksam die Hände der Gastgeberin. Ein Happen, nur ein Happen, das ist Genuß. Ein kurzes, würziges, lasterhaftes Vergnügen. Vollkommen und so kurz. Noch ein Häppchen, nicht wahr, noch eines, da kann sich doch keiner zurückhalten, tja, die Interjektionen sind überzeugend, tatsächlich, sie kommen mit dem Speichel, genußvoll und voller Speichel. Jeder nimmt noch einmal.

Wieder kommt Dina aus der Küche. Ein anderes Tischchen auf Rollen, eine andere silberne Platte. Kleine, winzig kleine Pfannkuchen, frisch aus dem Backofen. Weiche, warme Krapfen mit Käse und mit Fleisch und mit Spinat, mit Pfeffer und Kümmel, mit Sonnenblumenkernen, mit Meerrettich und mit Paprikaschoten, tja, weich und warm zergehen sie im Mund, den sie gelabt und entzündet haben und genüßlich verdorben, keiner kann sich beherrschen. Ioana und Felicia und Ali, jeder greift noch einmal zu und noch einmal und schluckt schnell das Anregende. Ioana und Ali und Felicia und Der Gelehrte und Bazil, selbst Dina nimmt sich einen mit Käse und noch einen, wunderbar. Und wieder, Bazil und Ioana und Der Unschuldige, der fortwährend zustimmend nickt, tja, ein Wunder, all diese herrlichen Vorspeisen, nicht wahr, sagte Das Kind gerne, der den Blick nicht von den Händen der Hausherrin abwenden kann.

Noch eine Runde Whiskey, selbstverständlich, auch einen Martini noch. Bis auch Dina einen Martini wünscht, die Überraschung, die Stimmung hat sich entspannt, nicht wahr, hat sich entspannt, es beginnen die gewohnten Tagesgespräche, das Konsumangebot, die Schlangen beim Brot und bei der Milch, und beim Toilettenpapier, und den Zahnstochern und, und, und. Das Gedränge in den Bussen und die Dunkelheit auf den Straßen, und die Kälte in den Häusern, und die bewaffneten Patrouillen, und die Neurosen, und die Abtreibungen, und der Abriß der alten Bojarenviertel, und der Nationalismus, aber auch der letzte Skandal aus der Presse, jenes großartige subversive Gedicht, wie konnte sich das Gedicht bloß unter den Augen des Zensors einschleichen, »wir sind ein pflanzliches Volk«, großartig, grandios, surprise, wie kommt es bloß, daß ausgerechnet jene zarte und privilegierte Schauspielerin es geschrieben hat, wieso haben die es veröffentlicht, mit Genehmigung, da könnt ihr sicher sein, komplizenhaft beinahe, ganz sicher, die ganze Hierarchie ist nichts als Komplizenschaft, selbstverständlich, so ist's halt bei uns, man kann nie wissen, wer, was, wie, warum, alles läuft drunterweg und seitlich vorbei, tausendjährige Tradition, Tradition und Innovation, nicht wahr. Und die Diktatur, und das Elend, und die Verdächtigungen, und die Angst, und der Zynismus der Kinder, ja, ja, der Zynismus der Schulkinder. Die gespaltene Seele, schon im Mutterleib wird ihnen die Seele gespalten, mit Sicherheit, die kennen den Code, die Lüge und das Doppelgängertum schon aus dem Mutterleib, selbstverständlich. Und der Westen, der Okzident des Konsums und der Schauspielerei, der Wilde Westen und der Zivilisierte, der naive, egoistische, keinerlei Hoffnung, lasset alle Hoffnung fahren, es ist zu Ende, Schluß, selbstverständlich kümmert die das nicht, die verzichten nicht auf ihre kleinen Gewohnheiten und Heucheleien, da könnt ihr sicher sein, wir sind allein, allein, bei ihnen ist das Geld, selbstverständlich, und bei uns die Lüge, nicht wahr, allein mit unserem Fluch, so ist's, da könnt ihr Gift drauf nehmen!

Und noch einmal Whiskey, Wodka, Martini, man kann zu Tisch gehn, an die Fischplatte.

Ein langer bauchiger Fisch und ein kurzer bauchiger Fisch, damit es für alle reicht. Knusprig, eben aus dem Backofen gekommen, das weiße, das rosafarbene Fleisch, Zitrone wird draufgetropft, Salz und Pfeffer. Heiter werden die Gläser angestoßen, kristallener Klang, authentisch, nach Böhmen klingend und perlendem Wein, authentisch, und gelb wie Öl. Und der knusprige Kalbsbraten, zart, in der schweren, kräftig gewürzten Sauce versunken, schmackhaft. Das weiche würzige Fleisch, der Rotwein, kräftig und trocken, die hoch aufgetürmten Salate, frische Pastellfarben, und das schwere Besteck und die schwerer und schwerer werdende Stille. Der prallvolle Magen, vollgestopft und schläfrig, und die Gedanken verirrt im Ungefähren, schläfrig, und die Lobesbezeugungen stets insistenter, müder, nicht wahr, das verlogene Lob für die Hausfrau, obwohl alle Welt weiß, daß Lady Di für solche Festlichkeiten eine alte deutsche Köchin hat. Müdes Lob, müde, nicht wahr, auch der Magen ist müde und faul, der Verstand faul und schläfrig.

Eine Pause, eine Pause, rief Ali. Ein Königreich für eine Pause.

Man zog tatsächlich ins andere Zimmer um, zu Kaffee und Kognak und Süßigkeiten und Käse und Gerede.

Soll ich euch eine Platte auflegen, irgend etwas? fragte der unermüdliche Bazil, Langstreckengastgeber. Was mögt ihr... Tina Turner oder Michael Jackson, oder lieber 'ne Französin, jene altmodischen Chansons, raffiniert und gemein. Oder mögt ihr

Yoko Ono, die japanische Muse, oder Homo Lennon, Lemon, jene drogenvergiftete Limone. Oder was Klassisches, Anne Sophie Mutter, den neuen Stern, den der alte Kara lanciert hat. Karajan, Karaadolf, Karanazi mit Fräulein Mutter, ja, ja, ein besonderes Pärchen, hi, hi, ha, ha, da könnt ihr sicher sein... Oder wollt ihr die Israelis, die erste Klasse, Zuckerman, Perlman, Barenboim... oder diese anderen aus dem wilden Osten? Wißt ihr, was Oistrach geantwortet hat? Als die Yankees ihn fragten, wer besser sei, die sowjetischen Violonisten oder die amerikanischen. Wißt ihr, was er geantwortet hat? beharrt unermüdlich Vasile Bazil Beldeanu gegenüber seinem angesäuselten Auditorium. Nun, hört, was er ihnen geantwortet hat, verlängert der Hausherr die Spannung, krempelt seine tadellos weißen Hemdsärmel hoch und gießt Dem Gelehrten Kognak ins Glas. Besser? Tja... die einen wie die anderen, es sind doch alles unsere Juden aus Odessa. Er hatte recht, ha, ha, das war die Antwort, sicher.

Der Whiskey, der Wodka, die Vorspeisen, der Fisch, der Braten, die Salate, der Weißwein und der Rotwein, und die Torte, und der Käse, und der Kognak, der Kaffee, ja, ja, auch Kaffee gibt es, echten Kaffee, richtigen, und gute Zigaretten, importierte, und vorklassische Musik, ja, ja, bei solcher Müdigkeit bestehen nur noch die Vorklassiker. Alles außergewöhnlich, nicht wahr, ja, ja, außergewöhnliche Früchte, und die Inszenierung, und die Gastronomie, und die Rhetorik, alles, alles ist außergewöhnlich, selbstverständlich. Die Gastgeber sind außergewöhnlich, sicher, unermüdlich, vollkommen, ständig versucht, das Fest zu minimalisieren, um die einfache Begegnung zu befördern, den familiären Ton. Schwer, schwer zu erreichen ... der Wohlstand schafft keine Nähe, er befremdet. Ein komfortables Haus, eine erdrückende Tafel, lockere Atmosphäre, damit wir uns wohlfühlen, damit wir die Nöte vergessen, die Angst, die Gewissensbisse, nicht wahr, doch sieh, trotzdem, na ja, so ist's, kann man nichts machen.

Erloschene Konversation, obwohl die Gastgeber es an Mühe nicht fehlen lassen, Marathongastgeber, erprobt und trainiert, widerstandsfähig.

Du, Felicia, gehst du noch in die Kirchen, Synagogen? übernimmt Dina die Initiative.

Glaubst du immer noch, nur dort interessante Gesichter sehen zu können? Hast Du das Zeichnen aufgegeben? Ioana sagte mir, daß du dabeigeblieben seist, du gibst dich nicht geschlagen. Ich verstehe, was es heißt, Zeichenlehrerin an irgendeiner technischen Schule am Stadtrand zu sein. Du hast trotzdem, da bin ich überzeugt, das Zeichnen nicht aufgegeben. Nach der Religion frage ich erst gar nicht, ich verstehe, daß bloß von ästhetischen Kategorien die Rede ist.

Die arme, unerträgliche Dina, umsonst versucht sie, einfach zu sein, nahe zu kommen, sie kann das Gebrechen Nichtkommunikation nicht überspielen, nicht wahr, sie kann's nicht, was auch immer sie tut, es wird gewöhnlich, trocken, deshalb ist sie in die Falle namens Vasile geraten, die Anziehungskraft des Rudimentären, nicht wahr, die plötzliche Erleichterung, jemand anderes erledigt nun ihre sozialen Beziehungen, den täglichen Handel, Gefallen und Gegenleistung, Komplimente, Bequemlichkeiten, den ganzen Zirkus.

Die lakonische Antwort Felicias hat sie verunsichert, jede Weigerung, sich wohlwollend auf diese künstliche Schlichtheit, mit der sie sich gepanzert hat, einzulassen, wirft sie unvermittelt aus ihrer Rolle. Doch man sieht es ihr nicht an, nicht wahr, schon hat sie sich der anderen Eingeladenen zugewandt.

Immer hat mir deine Einfachheit gefallen, Ioana. Was auf dem Herzen und auf dem Tisch liegt, wie das Volk sagt. Ali hat großes Glück. Die von heute haben für nichts Zeit, wohingegen du – Pädagogik und Stickerei und Einmachen. Welche Energie und Geduld, diesen Bauernkindern, zukünftigen Technikern, die englische Sprache beizubringen. Ich kann mir vorstellen, was die Schule bedeutet und der Haushalt und der Junge. Du bist eine Meisterin, ja, das bist du, eine Heldin, eine herausragende Zeitgenossin.

Polierte Sätze, die sie sich einfacher gewünscht hatte, anhänglicher, und dabei geraten sie preziös, wie auswendig gelernt, alles wegen der Unfähigkeit zur Kommunikation, nicht wahr, so hat Vasile es fertiggebracht, sie zu ... und dann blieb sie so, zufrieden, resigniert, wer weiß, sie hat sich der Falle Vasile angepaßt, hat begriffen, daß es eine Falle war, hätte bis zum Schluß sogar verstanden ... nicht wahr, aber sie hat sich angepaßt, ja, ja, bequem. Sie versucht zu scherzen, mal mit Ali, mal mit ihrem Mann, und es kommt nichts dabei heraus als die gleiche gequälte Unverträglichkeit, armes Würstchen, das sie ist, unausstehlich, vertrocknet und wichtigtuerisch. Bloß Den Gelehrten rührt sie nicht an, beläßt ihn in seinen Launen, verlangt ihm keine Teilnahme ab, keine Bestätigung, nichts, nichts, stört ihn nicht. Er hat kein Wort gesagt, der große Junge, den ganzen Abend nicht, obzwar er sehr aufmerksam scheint, tolerant, zustimmend, immer wieder billigt er etwas kopfnickend und blickt auf Dinas dicken Daumen. Jenen stumpfen Finger an der linken Hand. Als wolle er sich vergewissern, daß der Finger der gleiche geblieben ist, den er vor langer Zeit kannte. Die zarten langen Hände, schmal, schmal, leicht bläulich, rötlich, die Blutzirkulation. Die zarten Hände, doch der Überraschungsfinger an der Linken: stumpf, dick, wie abgehauen. Die zarten Hände und das längliche Wangenprofil, zart, mit jenen bläulichen orientalischen Schatten und der schmalen, elastischen Silhouette, und der häßliche Finger an der linken Hand. Wie vieles sich doch geändert hatte, nicht wahr, aber jener unangenehme Finger war so geblieben, wie er ihn kannte, die Zeit hatte die peinliche Kleinigkeit nicht beheben können.

Es ist spät, sehr spät, Felicia gibt Ioana verzweifelte Zeichen. Der Zug in aller Frühe, die Reise, die Mutter, das Krankenhaus, Direktor Chibrit, schließlich hatten sie sich verständigt, nicht zu lange zu bleiben.

Bazil spürt die Verlegenheit. Er weiß, da könnt ihr sicher sein, er weiß, wie sehr die Gäste auch lästern mögen, wenn sie zu Hause angekommen sind, werden sie doch das Gelingen dieses lange verschobenen Treffens anerkennen. Ein reicher Abend, angenehm, perfekte Gastgeber. Einfach, ohne Umstände, höflich, aufmerksam, die Gäste werden's anerkennen, gewiß.

Er schlürft einen letzten Schluck Kognak, hält ihn lange im Mund, bevor er ihn hinunterschluckt und melancholisch, mit einem effektvollen Geständnis, das Programm beendet.

Was wollt ihr, ich bin ein Aktivist, der sich emanzipiert hat, nein, keine Widerrede, ich weiß, was ich sage. Schließlich bin ich nicht dumm, da könnt ihr sicher sein. Dumm bin ich nicht, vielleicht manchmal etwas bescheuert, aber nicht dumm. Gewiß, ein Aktivist, das bin ich. Was soll's, jeder mit seiner Sache. »Jedem das Seine«, wie *jene* sagten ... Ja, ja, ich kann sogar ein wenig Deutsch, gewiß, es ist nicht zum Verwundern, ich bin herumgekommen in der Welt. Ich meine bloß, daß die ganze Geschichte nicht mehr so einfach ist, wie manche glauben. Nein, das ist sie nicht mehr, gewiß. Die da glauben, die neue soziale Schicht sei homogen und einfach, die machen einen Fehler. Nein, nicht einmal die Leute von der Sicherheit ... nein, nicht einmal die. Die sind nicht ein Wasser und ein Boden. Viele täuschen sich auch in uns, gewiß. Vor allem in den letzten Jahren, die Welt glaubt, daß alle von der Sicherheit sind, Informanten. Das drückt eher die allgemeine Ermüdung aus als die Wahrheit, gewiß. Eine Vereinfachung, wie so viele andere. Aber was ... was wollte ich sagen ... ah ja. Seht, wir lesen in den Zeitungen, daß der Parteiaktivist der wahre Held der Nachkriegszeit ist. Oder der wahre Held der Nachkriegsliteratur, hm, was sagt ihr dazu?

Er blickt auf sein Auditorium und ist zufrieden. Das Auditorium ist aufmerksam, das Auditorium folgt dem Redner mit Spannung, verfolgt auch seinen aufgeräumten

Beobachter mit Spannung, das heißt die Unschuld und die Verblüffung und den kindlichen Überschwang der Teilhabe und die Verwirrung Des Schriftgelehrten, der plötzlich vom Mond herab unter die Erdbewohner gefallen war, aber auch die Freude Des Forschers, nicht wahr, die Freude Des Forschers.

Nun, der wahre Held des Lebens? Oder der Literatur? Und, nicht oder... Der Held der Nachkriegsepoche und der Nachkriegsliteratur! Ständig begegnen wir diesen Phrasen. Demagogie, alle Welt hat diese Papageiensprüche satt. Und trotzdem! Und trotzdem... wenn wir ein wenig nachdenken... das Paradoxe ist, daß... ja, ja, es ist sogar wahr! Nächte und Tage und Jahre verloren in Sitzungen und Kampagnen mit Sinn ... unmöglich. Die Offiziellen sind nicht bereit, dies anzuerkennen, gewiß. Wenn sie die Wahrheit anerkennen würden, die ihnen immer bewußter wird, dann, dann würde man sehen, daß es stimmt, daß dies die Helden dieser gewaltigen und nutzlosen Anstrengungen sind, die sich in einer endlosen und absurden Mission befinden, ja, ja, das sind die Helden. Nach und nach, nach und nach bloß habe ich das verstanden... alle haben das verstanden, gewiß, die Träumer und die Karrieristen und die Weggefährten. Ich werde euch nicht sagen, zu welcher Gruppe ich gehöre, gewiß. Ich sage bloß, was ich bin, ein armer Emporkömmling. Ein Aktivist, der Held der Nachkriegszeit...

Der Held hat seine Nummer hinter sich gebracht, Der Gelehrte aber betrachtet ihn weiterhin fasziniert. Auch er wird versuchen, etwas zu sagen, aber seine Lippen bewegen sich zu schnell, ohne Ton. Er möchte etwas sagen, trotzdem, etwas, er müht sich ab, kann nichts aussprechen, hat sein Gesicht wieder Dina zugewandt, wendet seinen Blick nicht vom stumpfen Finger der Frau Beldeanu ab. Ja, der gleiche Daumen, dick, abgehauen, an der linken Hand, wie in der Jugend. Dafür hatte die Zeit keine raffinierte Lösung angeboten, nicht wahr, keine Lösung, wie man sieht! Aber der gute Wein, die guten Speisen, und Felicia, schöner denn je in ihrer vornehmen Zurückhaltung und Heiterkeit, und Ioana, munter, beweglich, anregend, und Ali, locker, großzügig, selbst Dina, perfekt angepaßt, nicht wahr, perfekt geformt, ja, ja, selbst Vasile mit seinem beeindruckenden klassizistischen Bauch, nicht wahr, mit seinem erwachsenen Schnurrbart, grauhaarig, buschig, mit seinem rebellischen dichten Haar, grau wie ein Senator, nicht wahr, ein gutmütiger Patrizier, leutselig, herablassend, ja, ja, selbst Vasile, alles, alle, exzellent, exzellent, nicht wahr, entspannend, angenehm, fern von den Bitterkeiten und der Niedergeschlagenheit und der Angst, ja, ja, fern von der täglichen Angst, ja, ja, die Entkoppelung, ja, die Auskoppelung aus dem System, nicht wahr, ein Augenblick, ein entrissener Augenblick, die Flucht, nicht wahr, die wüste Betäubung, erbittert, die Verhältnisse mißachtend.

Der Abend endet mit Händeschütteln und Küssen. Eine tatsächliche, eine angenehme Müdigkeit. Selbst die Eheleute Stoian, zurückhaltend und aufmerksam, haben letztlich die Schleusen geöffnet, sind heiter, begeistert, lärmen, sind zufrieden, daß alle sich wohlgefühlt haben, seht, es ist nicht gerade langweilig bei den Beldeanus, wenn du die Beziehung akzeptierst, kannst du angenehme Stunden mit ihnen verbringen, selbstverständlich, selbstverständlich. Die glücklichen Gastgeber begleiten ihre lärmenden Gäste bis zur Tür, geben sich auch jetzt noch sorgsam, zugewandt, und Bazil läßt noch einmal seine heisere und väterliche Stimme hören: Paßt auf, daß ihr nichts vergeßt, paßt auf, daß ihr nicht auf diesem nassen Asphalt ins Schleudern kommt, paßt auf, wie ihr fahrt, gewiß, paßt auf, aufmerksam zu sein, paßt auf...

Im Hof beim Auto gelingt es Dem Unschuldigen schließlich, das auszusprechen, was er nach der Rede des Gastgebers schon ohne Erfolg sagen wollte: meis-meisterhaft! meis-meisterhaft!, stammelt schließlich Das Kind. Her-herrlich, herr-lich, nicht wahr, meis-meister..., stammelt völlig besoffen Der Gelehrte und klammert sich an dem langen Arm des langen Ali fest, besoffen auch der, völlig blau, am Ende, zerflossen. Perfekt, perfekt, selbstverständlich, selbst-ver-ständ-lich, stimmt Ali zu, und Das Kind stimmt seinerseits ihm wieder zu, mit schwerer Zunge, aber klar: herr-herrherrlich, wir-wirklich, und sie kreisen aneinandergekettet, drehen sich langsam, langsam, wankend um das gelbe aerodynamische Raumschiff, das sie erwartet.

Ans Steuer rückt Ioana, genervt aber nüchtern, verachtet sie die männliche Schwäche, beherrscht die Situation.

Der Regen hat lange schon aufgehört, die Luft ist frisch, die Nacht klar, die Stadt in der Dunkelheit verloren, in Schlaf und Galaxien. Der Sternenozean darüber und der Mond, sieh, auch der eisige Mond, schlafwandlerisch, leichenblaß, der alte Mond, lyrisch, dämonisch, der wachende Mond, perfide, polizeiisch, und der Ozean von milden Sternen drumherum, der Ozean darüber und jene Verwirrung in uns, über uns, vor uns, das Gesetz und der Zufall, der Mond und die Sterne am Himmel oben und die Tage des Spiels hier unten für uns, terra incognita, die wirre, das Gesetz und der Zufall, das Geheimnis von morgen, übermorgen, ewig.

Am Montag sollte der Dankanruf erfolgen. Die Familie Stoian dämmerte, lustlos vermutlich, vor sich hin. Müde, schlecht aufgelegt, auch durch den Regen etwas verstimmt, der wieder begonnen hatte.

Wir müßten Bazil anrufen, uns bedanken, sollte Ioana vorschlagen.

Ali hebt den Blick von der Schreibmaschine.

Uns bedanken? Schließlich bin ich doch ein Kollege von Don Bazil, wir haben keine förmlichen Beziehungen. Vielleicht bedankt er sich bei mir, daß ich heute seinen blöden Artikel abgeholt und in die Redaktion gebracht habe, weil der Herr keine Zeit mehr hatte, zu spät aufgestanden war und überland fahren mußte.

Ja, aber Lady Di mit ihren Grillen? Hast du gestern abend gesehen, welche Mühe sie sich gegeben hat, um weniger gewöhnlich zu erscheinen, die Arme. Mit all dem Besteck und der Aufmachung und so weiter, da spielt sie die Bescheidene und wundert sich noch, wenn die Gäste nach solch einem Gastmahl nicht wiederkommen.

Auch sie spüren schon die Krise, das kannst du wissen, Bazil kämpft schon um jede Kleinigkeit. Für Geringfügigkeiten, selbstverständlich, jede Kleinigkeit.

Na und, ich hab keine Zeit, sie zu bemitleiden. Den Vorzug im Mitleid haben bei mir immerhin andere.

Also rufst du an?

Ich, warum ich? Ruf du sie an, es wird ihr eine größere Freude bereiten.

Von dir erwartet sie es, das solltest du wissen. Andernfalls glaubt sie, etwas sei nicht in Ordnung gewesen. Du weißt doch, wie die Frauen sind.

Woher soll ich das wissen?

Und ich, bin ich eine Frau?

Gut, gut, ich rufe später an, wenn ich aus dem Bad komme.

Ioana Stoian aber hat vermutlich vergessen, am Montag abend noch bei Familie Beldeanu anzurufen.

Auch das andere Paar scheint sich nicht an die gebotene Höflichkeit zu halten.

Montag nacht von ihrer tristen Reise in die Provinz zurückgekehrt, schaffte Felicia es gerade noch, die unangenehmen Einzelheiten wiederzugeben, bevor sie völlig erschöpft einschlief (der schmutzige und überfüllte Zug, die Gleichgültigkeit und Arroganz des Arztes, das Lamentieren der Mutter, die ihr Ende kommen spürt).

Am Dienstag blieb Felicia bloß drei Stunden in der Schule, sie kehrte frühzeitig zurück und ruhte sich aus. Der Abend löste, wie vorherzusehen war, die aufgeschobene Kontroverse aus.

Wenn wir heute anrufen, bewegen wir uns noch innerhalb der Konvention, hörte man aus der Küche die klare makellose Stimme Felicias.

Und … wenn nicht? Ist das zu Ende, was nicht angefangen hat, antwortete der Baß aus seinem Lesesessel.

Es hat etwa fünf Jahre gedauert, bis du den Besuch akzeptiert hast. Sie war immer freundlich, hat mir geholfen, Karton zu besorgen, Rahmen und Farben. Und ich, über Gebühr zurückhaltend. Ohne Grund. Bloß weil du nicht wolltest, daß sich eine Annäherung zur Familie Beldeanu ergibt. Schluß jetzt, wenn wir den Besuch schon gemacht haben, dann sollten wir's jetzt wenigstens ehrenvoll abschließen.

Richtig, du kannst sie anrufen, wenn du willst, stimmte der Ehemann, in die kleine Küche tretend, zu.

Ich habe überhaupt keine Lust, an den Genossen Vasile zu geraten, verteidigte sich Felicia und warf mit einer nervösen Kopfbewegung ihr dichtes Haar auf den Rücken.

Der Genosse Beldeanu ist am Montag morgen für drei Wochen mit einem Auftrag ins Land gefahren. Ali hat es mir gesagt. Sehr müde, nicht wahr, vom Abwasch des Geschirrs vom Vorabend. Wußtest du, daß Vasile den Abwasch macht? Ein vorbildlicher Ehemann, habe ich gehört. Er macht alles, um seine Partnerin zu schonen.

Er macht die Besorgungen, er räumt auf, er unterhält alles, er putzt. Also, allen Respekt! Er ist weg, das ist sicher. Ali hat gestern vormittag bei ihm einen Text für die Redaktion abgeholt, denn der Genosse Beldeanu hatte keine Zeit mehr, ihn persönlich vorbeizubringen.

Jenseits seiner Biographie ... ist Vasile ein anständiger Mensch, gewiß. Das heißt, nicht unbedingt die Biographie ist der Mangel, ich meine die soziale Position. Verstehst du, was ich sagen will?

Ich verstehe, aber es interessiert mich nicht. Er ist sowieso nicht zu Hause. Du kannst unbesorgt anrufen.

Es wäre besonders nett, wenn du anrufen würdest. Es wäre eine Überraschung. Alle Knoten, die sich angesammelt haben, würden sich auflösen.

Das ist zuviel, glaub mir. Für Frau Beldeanu bin ich ein zu exotisches Tier. Schon aus der Jugendzeit festgelegt: die kleine Berühmtheit aus der Provinz, das große Versprechen. Dann der junge Gelehrte, so viele Perspektiven, die strahlende Zukunft. Dann der sensationelle Sprung vom Band. Ausgerechnet zur Reifeprüfung, nicht wahr, der Verrückte verzichtet plötzlich auf die Karriere, so wie alle Verrückten. Nun, warum, glaubst du, wollten die mich als Gast haben? Damit sie den seltenen Vogel sehen! Das besondere Tier, nicht wahr, den Verrückten. Damit sie sich ihren Spleen noch ein bißchen würzen, die geschmacklose Suppe ihrer geschmacklosen Tage.

Mit Geschmack, ohne Geschmack, du kannst es nicht wissen. Auch Vasile wird es in diesen Zeiten nicht zu leicht haben. Sein politisches Dossier ist für die gegenwärtigen Verhältnisse etwas zerknittert. Eine Frau aus der Minderheit, die am meisten... du weißt schon, was ich sagen will. Die ethnische Reinheit, der zentrale Faktor bei der Auswahl! Und auch ihr wird nicht besonders zumute sein, weder was die Vergangenheit angeht noch bei der Gegenwart. Das Lager, dann die Heimkehr, die schwierige Jugend, dann diese romantische Geschichte, der Rausschmiß von zu Hause, verflucht vom alten strenggläubigen Berg, und alles, was dann noch kam. Auch das Leben mit Vasile wird nicht das Paradies sein. Sie tarnt sich in diesem steifen Ritual der großen Dame, aber... Und mit dir, es wird doch nicht bloß das Exotische sein. Ihr kennt euch schließlich aus der Kindheit. Eine gewisse Nostalgie, selbstverständlich.

Jene Spiele im Speicher überm Hof? Nein, ich fühle mich nicht in der Lage zu telefonieren. Jedes Wort würde mit zu großer Aufmerksamkeit aufgenommen, wie vom Mond gekommen. Auf einmal wache ich auf als jemand, der dieser Genossin den Hof macht! So, durch Ansteckung, wegen einer absurden Erregung. Weißt du, was der Dreckskerl von Ali gesagt hat? Zuerst gut durchprügeln, und dann … anders geht's nicht. Nein, besser wir verzichten auf das höfliche Dankeschön.

Am dritten Tag nach dem Ereignis rief Ioana Stoian, wie es scheint, trotzdem an, um sich bei Familie Beldeanu, vor allem bei Dina, für den schönen gemeinsam verbrachten Abend zu bedanken. Und gegen neun Uhr, um etwa neun Uhr, erkannte Dina die angenehme Stimme von Felicia. Die üblichen Dankesformeln, sicher, aber diese klare und helle Stimme, mit der sie ausgesprochen wurden … man konnte sich nicht der Freude erwehren, ihr zuzuhören, vor allem weil, ja, weil Felicia sogar aufgeregt schien, verlegen, mitunter innehielt, eine Leere verschluckte scheinbar plötzlich die Wörter, die hätten folgen müssen; sie kannte diesen Tick von Felicia schon.

Ein besonderer Abend für uns. Die freundschaftliche Atmosphäre … feine Sachen … ehrlich … ein wahres Vergnügen.

Oh, wir ehren nicht jeden so. Es war speziell für euch. Mit deinem Mann habe ich seit dreißig Jahren nicht mehr gesprochen, stell dir das mal vor! Ich begegnete ihm zwar manchmal zufällig auf der Straße, aber wir blieben nicht stehen. Er grüßte mich, und das wars.

Nun, schließlich weißt du, daß er nicht sehr gesellig ist … kontemplativ … er schweigt … auch an eurem Tisch. Aber er hat sich wohlgefühlt, mußt du wissen, hat sich sogar besoffen, etwas völlig Ungewöhnliches … Entspannung … hat mal wieder Leute gesehen … ein Einsiedler sonst, ein Einsiedler.

Felicia ließ sich vom Strom der Banalitäten forttragen und beschleunigte noch, ohne zu wollen.

Nun, wenn Vasile nicht da ist und du dich langweilst, vielleicht kommst du dann mal bei uns vorbei.

Die Einladung hörend, sprang der Ehemann, vermutlich verzweifelt, aus dem Sessel und hob die Hände zum Himmel. Felicia verlor ihre Stimme, doch Lady Di hörte rechtzeitig, wie es schien, das Zögern.

Ich weiß nicht, glaube nicht. Ich hab im Dienst jetzt viel zu tun. In den letzten Jahren ist alles schwieriger geworden. Ich bin täglich im Gericht, ständig Prozesse. Die Gesetze ändern sich fortwährend, immer wieder andere Restriktionen, immer mehr Verwicklungen. Ein wahrer Krieg zwischen den Institutionen, nicht bloß zwischen den Menschen. Die Erschöpfung spürt man auch beim Gericht, nicht bloß in der Milchschlange. Die Richter drohen zu ersticken. Ah, ja, was ich noch fragen wollte … habt ihr vielleicht einen Trenchcoat vergessen?

Felicia fand nur schwer ihre Fassung wieder, die Wörter, sie schien verwirrt, antwortete stotternd.

Wie, was? Ich glaube nicht, nein, nein, Ioana vielleicht, Ioana vielleicht, ich weiß nicht, was? Wie, ach, nein, Ali, aha, vielleicht, ja, vielleicht Ali, weiß nicht.

Hier ist an jenem Abend ein Trenchcoat hängen geblieben. Das heißt, ich hab ihn erst am nächsten Tag gesehen, am Nachmittag, als ich nach Hause kam. Am Morgen, als ich wegging, war ich so müde und in Eile, daß ich mich nicht umgesehen habe. Vielleicht Ali, ja, vielleicht Ioana, ich kanns nicht beurteilen. Ich hab vergessen, sie zu fragen. Nein, das ist nicht so wichtig, eine Kleinigkeit, ich werd sie jetzt anrufen, sie fragen.

Dina Beldeanu hat tatsächlich, so scheint es, gleich danach bei Familie Stoian angerufen, doch niemand hob ab.

Erst zwei Tage später führte Ali ein längeres Gespräch mit der Gattin des verreisten Kollegen, an dessen Ende er auch auf die wiederholte Frage antwortete.

Trenchcoat, was für ein Trenchcoat? Nein, nein, uns gehört er nicht... ganz sicher gehört er nicht uns. Nein, ich trage keinen Trenchcoat. Und andererseits, als ich wegging von euch, am Montag, so gegen Mittag, ja, etwa zur Mittagszeit, da hab ich keinen Trenchcoat an eurer Garderobe hängen sehen. Nun ja, ich hab nicht sehr aufmerksam hingesehen, selbstverständlich hab ich nicht besonders aufmerksam hingesehen, nun ja, ich weiß nicht, weiß nicht.

Nach weiteren zwei Tagen aber kam Dina darauf zurück.

Ioana? Weißt du, vor etwa zwei Tagen hab ich mit Ali gesprochen. Ich weiß nicht, ob er es dir gesagt hat...

Schweigen. Lange Pause, langes Warten, jeder wartet, wie es weitergeht.

Nun ja, ist nicht so wichtig. Ich hab ihn nach einem Trenchcoat gefragt. Ich weiß nicht, ob er dir's gesagt hat.

Eine weitere Pause. Endlos. Schließlich wird das Gespräch wieder aufgenommen.

Wonach hast du ihn gefragt... worüber? Einen Trenchcoat? Was für einen Trenchcoat?

Ich weiß nicht, ein Trenchcoat, soviel. Ein Blödsinn, entschuldige, vielleicht bin ich auch bloß verwirrt. Am nächsten Morgen, nachdem ihr bei uns wart, hab ich an der Garderobe im Flur einen Trenchcoat entdeckt. Das heißt, als ich nach Hause kam. Ich hab Ali gefragt, ob er nicht vielleicht euch gehört. Er...

Er hat dir gesagt, daß er keinen Trenchcoat trägt. Er hat nein gesagt, das stimmt doch. Ich nehme an, er hat so geantwortet, nicht? Und mein Trenchcoat ist hier, an unserer Garderobe. Nein, ganz sicher gehört er nicht uns.

Entschuldige, es ist nervend, ich weiß nicht, warum mich diese Kleinigkeit so beschäftigt. Nichtigkeiten, Dummheiten. Aber es ist so, wie soll ich sagen, so unangenehm, schlicht und einfach unangenehm. Entschuldige.

Verstehe, Verstehe, man kann nie wissen, eine fremde Sache in deinem Haus, ich verstehe, daß es dich beunruhigt, aber sicher. Es wird sich aufklären, sei beruhigt, keiner verzichtet heutzutage auf seine Sachen. Er wird schon zurückgefordert werden, da kannst du sicher sein, vor allem, da ... vor allem, weil ihr ja nichts mit solchen Bohemiens zu tun habt, die vergessen, wo sie waren und was sie mithatten. Hast du mal nachgefragt bei ...

Ja, ja, ich hab auch mit Felicia gesprochen, ich hab auch sie mit dieser Geschichte belästigt.

Dina, die Überraschung! Sie wird sich nicht zurückhalten können, nach nur einer

Stunde mit einer neuerlichen Anfrage beim anderen Paar anzurufen.

Das Telefon klingelt lange, lange, einmal, noch einmal, ins Leere, und doch wurde endlich der Hörer abgehoben, aber niemand antwortete, keine Stimme war zu hören. Doch, doch, ja doch, aber ja, scheinbar, ja... es zögerte jemand mit der Antwort.

Hallo, ja, wer...

Ach, ich bin's, Di..., und sie geriet völlig durcheinander.

Diese Begegnung hatte sie nicht erwartet, es gelang ihr nicht mehr, den Faden wieder aufzunehmen, verlor sich vollends... nun, was sollen wir nun ... diese blödsinnige Geschichte mit dem Trenchcoat ... nein, es hatte überhaupt keinen Sinn mehr, nicht wahr ... nein, sie wußte auch nicht mehr, wo sie wieder anfangen könnte, was sie gewollt hatte, was sie eigentlich hätte sagen wollen.

Du wolltest Felicia sprechen, nicht wahr? Tja, ich geh so gut wie nie ans Telefon. Was, was soll ich sagen, dir bleibt nichts weiter übrig, so ist's halt, sprichst mit mir, so ist's halt.

Dina möchte widersprechen, die Überraschung gefällt ihr, seit langem schon hätte sie gerne … doch nun bleibt keine Zeit mehr, der Monolog sprudelt. Jeder Versuch, ihn zu unterbrechen, die Vermutungen und Erinnerungen, die mit größter Schnelligkeit sich einstellen, sich vermischen und heftig übereinanderpurzeln, jeder Versuch, dies zu stoppen, hätte sich als zwecklos erwiesen.

Es ist nicht leicht, mit mir zu sprechen, nicht wahr, wir haben sehr lange schon nicht mehr miteinander gesprochen, seit der Kindheit … ein ganzes Leben ist es her… und auch damals haben wir nicht recht gesprochen, bloß jene merkwürdigen Spiele im Hof der Familie Berg, mit deinem Cousin und meinem Schulkameraden… wie hieß er bloß, wie hieß der bloß, Snuki, Muki, ich weiß es nicht mehr, aber ich erinnere mich noch gut an ihn, die großen Zähne, die ihm beinahe über die Lippen ragten, ein guter und feinfühliger Junge, ich hab gehört, er soll zum Militär gegangen sein, so etwas hätte ich nicht erwartet, vielleicht war's auch nicht seine freie Wahl, alle sind sie härter geworden in jenem zu alten und zu neuen Land, ja, ja, das Klima, die Araber, die Wellen von neu Angekommenen, die Kriege, die Neurose, die tausendjährige Neurose, die moderne Neurose, ja, ich erinnere mich noch sehr gut an Haimi, ja, ach ja, das ist der Name, Haimi, ja, ja. Dein Cousin, der große Hof mit den vielen Bäumen, jener hohe Speicherraum, wir stiegen die Leiter hoch bis zum Dachboden, erinnerst du dich, nicht wahr, beide etwas frühreif, ja, ja, ein Menschenleben haben wir nun schon kein Wort mehr gewechselt, so kommt's, immer wieder friert etwas anderes in uns ein, diesen Schwung gibt es nicht mehr, die Neugierde, ja, ja, wir verlieren die Neugierde, die Lust am Spiel, nicht wahr, das Experiment, man hat keinen Schwung mehr, bloß Verlegenheit, Schwerfälligkeit, jeder in seine Legende gehüllt, in seinen Sarg, ja, steif, linkisch ... eine arrogante Frau, warum sollte ich es nicht sagen, arrogant, elegant, privilegiert, ja, dieses stupide Wort, nicht wahr, dieses stupide Wort ist das zutreffendste Wort ... ich profitiere von diesem unerwarteten Anruf, wer weiß, ob wir noch einmal ... ich meine, ich bin ein Schweiger, ein Zurückgezogener, ein anderes Experiment, ja, ja, ich pflege die mondäne Konversation nicht ... ich hoffe, ich kränke dich nicht, meine naive Aufrichtigkeit, nicht wahr, ein weiteres Experiment, ja, ja, grob, will ich sagen und unbegründet, ein Zeichen von Sympathie, bei mir ist die Aufrichtigkeit ein Zeichen von Sympathie, nur mit Menschen, die mir nahe stehen, probiere ich dieses Experiment aus, ja, ständig ex ex... eine arrogante, eingebildete und stupide Frau, so, wollte ich sagen, so schienst du mir ... da war noch die Legende, weggelaufen von zu Hause oder rausgeschmissen, dann, im letzten Lyzeumsjahr, die große Liebe mit dem Kollegen Vasile Beldeanu, ausgerechnet mit ihm, warum mit ihm, nicht wahr, unerklärlich, uner, er, uner, die Mädchen im Alter der Verwirrungen, das war's ... nicht vorherzusehen, ich meine, wer konnte sich schon vorstellen, daß jener Dahergelaufene, wie soll ich sagen, man konnte die Zukunft nicht vorhersehen, ausgeschlossen, und selbst wenn man es hätte können, ja, ja, selbst wenn man es vorhergesehen hätte, der Grund hätte sich nicht geändert, der Kern, nicht wahr, ich bitte dich, nicht das ist das Problem, nein, nein, nicht einmal dein Vater, der alte Berg, der Arme, verzeih, jener schlimme Zwischenfall ... nein, das hätte er nicht vorhersehen können, nein, selbst dein Vater nicht, und es hätte auch nichts daran geändert, nicht wahr ... unsere Chance, mal miteinander zu sprechen, ist gering, ich weiß, eine konventionelle Frau, die immerhin einmal die Konvention gebrochen hat ... damals, meine ich, als, du weißt schon, wann ... der Vater verflucht seine Tochter, das heißt, ich meine, der Fluch, die Verdammung, der Rausschmiß und, und das Bestattungsritual, als wäre sein einziges Kind gestorben, nicht wahr, so als hätte der Alte, ohne zu wissen, nicht wahr, ohne zu ahnen, ohne, ausgeschlossen, nein, er wußte nicht, daß er bloß eine Woche später, ausgerechnet er, meine ich, gerade er, nicht wahr, nach einer Woche schon seine tatsächliche Beerdigung, der arme Herr Berg, der alte strenggläubige Mann, der Arme ... trotzdem, sieh, der Hang zur Konvention ist wiedergekehrt, bloß daß es jetzt eine völlig stupide ist, eine soziale, mondäne, ohne jede Größe, nicht wahr, ohne Substanz, während jener dramatische Glaube, wie irrational auch immer, etwas hatte, ja ... ich meine, nicht das ist das Problem, der Alte konnte die Beziehung des Mädchens zu jenem ... nicht ertragen, die, ja, die tausendjährige Psychose des Ghettos, nicht wahr ... die Zukunft war nicht vorauszusehen und, wie auch immer, es hatte ohnehin keine Bedeutung, ich weiß, jene Studenten- und Armutsjahre, die Trennung von der Familie und von den Freunden, dann unvermittelt die Karriere, die außerordentliche Karriere, nicht wahr ... obzwar, obzwar die Biographie der Ehefrau ihm nicht nützte, ich weiß, überhaupt nicht, im Gegenteil, sonst wäre er schon lange oben, noch höher, viel viel höher oben, es reicht schon, wenn du dir die großen Bonzen der Zeit ansiehst, arme Funktionäre mit ihren armseligen Privilegien, ja, ja, Vasile hätte viel weiter kommen können, eine bemerkenswerte Karriere ... ich wollte sagen, daß jeder so seine Legende hat, wir konnten ja nicht miteinander reden ... und über mich, die Geschichten, nicht wahr, die in Umlauf sind, der friedliche Protest, der Verzicht auf die wissenschaftliche Karriere, so eine Art Ghandi, könnte man meinen, wer weiß, was für ein Held, keineswegs, aber keineswegs, ein müder Mann, ja, die Lektüre, ja, eine Freude, das streite ich nicht ab, und das Buch, nicht wahr, ich streite es nicht ab, ein

Erfolg, ja, ja, man sollte keinen Bucherfolg übertreiben, eine Notlage, das ja, der Ausdruck einer Notlage, das ja, aber es ist nicht die einzige, wir kennen sie alle, das ist die Biographie einer Generation, Kriegskinder, aber nicht bloß Kriegskinder, es war auch noch was anderes, der Ausdruck dafür muß erst noch erfunden werden, der Begriff muß wiedererfunden werden ... dieser Rausch packt mich selten, sehr selten, sehr selten, dieser Trip ... das Morphium der Langeweile, das ist's, wieder ein anderes Experiment, nicht wahr, vielseitig entwikkelt, wie die verlogenen Zeitungen es nennen, nein, nicht die vielseitig entwickelte Gesellschaft, sondern die Langeweile und das Elend und der Terror ... wir sind daran gewöhnt worden, aber sicher, von Kindheit an daran gewöhnt ... ja, ja, die Proportionen zu wahren, selbstverständlich, die Langeweile, meine ich, die tödliche Monotonie und die vielseitige Langweiligkeit des Vokabulars, der Unterwerfung, der Konventionen, nicht zu vergessen, der mörderischen Konventionen, unheilbar, mörderisch, wenn wir nicht irgendwie etwas anderes finden, ein anderes Experiment, die Explosion, jene, wir wissen schon, doch bis dahin sind's andere, extra, bald schon, immer andere, extra...

Ungefähr eine Stunde noch ging es immer so weiter.

Am Abend dann wird Der Schuldige seiner Frau möglicherweise von seiner logorrhöischen Krise berichten, die er nicht in den Griff bekommen konnte.

Ich war grobschlächtig und aggressiv. Das Vergnügen, unangenehme Dinge zu sagen. Ein unvermittelter Akt, Sadismus und Wahnsinn. Die Neurose der Langeweile. Ich hab ihr auch dazu was gesagt, hab etwas von Langeweile gestammelt, vielleicht hat sie's verstanden, eine anklagende Entschuldigung. Wie auch immer, Lady Di sind wir endgültig los! Die lädt uns nie wieder ein. Selbst auf den Gruß wird die mir, denke ich, nicht mehr antworten. Böse und würdevoll, wie die ist, wäre keine größere Kränkung möglich gewesen. Vor allem, da ich nicht einmal ein Trinker bin und auch diese Entschuldigung nicht habe, ich bin nicht Vasile, ich hab nicht einmal diese Ausrede. So ist's ... die Familie Beldeanu sind wir los. Wir sie und sie uns, nicht wahr, es hatte ja ohnehin keinen Sinn.

Und trotzdem ... bloß zwei Tage später rief Dina kurz mal durch. Sie traf Felicia an. Bezog sich trocken auf die formale Einladung, die bei ihrem letzten Gespräch geäußert worden war.

Vielleicht hast du, nur so, das so dahingesagt. Ich käme aber doch gerne in den nächsten Tagen mal vorbei. An einem Nachmittag. Eine halbe Stunde, wenn's geht. So, einfach so, schlicht und einfach, um mal bei euch vorbeizukommen.

Aber ja, sicher, selbstverständlich, schmolz Felicia. Ich spreche mit ... ja, ja ... rufe dich morgen an.

Ihr solltet euch wirklich keine besonderen Umstände für mich machen, und ihr braucht auch nicht beide zu Hause zu sein. Keiner muß gerade meinetwegen zu Hause bleiben, wenn ihr was anderes vorhabt. Ich komme einfach mal vorbei, einfach so. Wenn ihr da seid, ist's gut. Wenn nicht, kein Umstand, dann komme ich ein andermal. Eine halbe Stunde, länger nicht. Schlicht und einfach so. Morgen, wenn ich bei Gericht fertig bin. Morgen hab ich zwei Prozesse. Also gegen sechs. Morgen also, wenn's geht. Für eine halbe Stunde. Sechs, viertel nach sechs. Keinerlei Vorbereitung, bitte, so … einfach so.

Und, kurz: Auf Wiedersehn. Zack, fertig, das Gespräch abgebrochen.

Felicia, den Hörer in der Hand, steht da wie gelähmt. Der Ehemann; schuldig und bleich. Wie soll er sich bloß auf die Gegenüberstellung vorbereiten? Dina mit ihren Gnädige-Dame-Allüren, hör dir das an, Dina, auf einmal, ich komme bei euch vorbei. Ich komme einfach mal so bei euch vorbei! Hör dir das an, Dina, Dina, plötzlich familiär, freundschaftlich, unkonventionell! Morgen, ein andermal, keine Umstände, hörst du! Ein langes, langes, breites, aufgeblähtes endloses Schweigen füllt den Raum.

Dina erscheint am nächsten Tag genau zur angekündigten Uhrzeit. Elegant, wie üblich, vor allem, da sie vom Dienst kommt, vom Gericht. Einfach gekämmt, ein Knoten mit einer zum schwarzen Haar passenden Spange. Entspannt, leicht ermüdet, herzlich. Schlicht und korrekt, das war's.

Sie beteiligte sich ohne besondere Anteilnahme am Gespräch über die üblichen Gegenstände. Die allseitige Langeweile, die

Kälte in den Wohnungen, die Lüge aus den Zeitungen, der Schwarzmarkt, die Schlangen, die Sitzungen, der Diktator, die Briefzensur, die abgehörten Telefongespräche, aber auch die immer schlechter werdende Qualität des Papiers, auf das immer weniger Bücher gedruckt werden, aber auch über die Aufhebung der Theatersubvention, die Theater, die sich durch ihre Werkstätten am Leben erhalten, die Bühnenbildwerkstätten, die Särge herstellen und verkaufen, eine seltene Ware mit großer Nachfrage. Der Hausgelehrte hatte sofort nach dem Eintreffen der Juristin die heißen Tagesthemen angeschnitten, damit keine Zeit mehr für andere Gesprächsgegenstände blieb.

Lady Di beteiligte sich ohne Begeisterung aber auch ohne die gewohnte Affektiertheit. Trank still ihren Tee und lächelte bei manchen sarkastischen Bemerkungen ihres ehemaligen Kollegen. Benahm sich absolut normal … übertrieben, ja geradezu übermäßig zurückhaltend und feinfühlig. Beendete kurz nach der angekündigten halben Stunde den Besuch.

Am Abend sollte Familie Stoian selbstverständlich telefonisch über das Ereignis unterrichtet werden.

Die beiden Männer werden des längeren mit nicht gerade eleganten Scherzen die Wirkungen der Abwesenheit von Bazil kommentieren, aber, vor allem den Humanisierungseffekt, die Anstrengung, schlicht und volkstümlich zu erscheinen, die man in Krisenzeiten bei den Angehörigen der privilegierten Klassen beobachten kann. Einer rückte ständig seine Brille zurecht, während der andere, am anderen Ende der Leitung, sich an seinem schwarzen und wie afrikanisch kraushaarigen Kopf kratzte.

Die Bombe sollte erst am Ende des Gesprächs platzen. Also: Dina hatte sich angekündigt ... auch bei Familie Stoian! Ein kurzer Besuch am nächsten Tag. Sie wollte einfach mal so vorbeikommen, sie sehen. Eine halbe Stunde, bloß um sie zu sehen. Nicht gerade ein Besuch, bloß so, eine halbe Stunde, wenn sie vom Gericht käme.

Der Besuch bei Familie Stoian verläuft, so scheint es, in der gleichen Weise. Dina bleibt bloß eine halbe Stunde. Sie benimmt sich übermäßig natürlich ... unnatürlich natürlich, sollte Ali es kommentieren. Es schien, als wollte der scherzhafte Kommentar anfangen, künstlich zu werden, eine Art Routine, die ihr Ziel verfehlt.

Auf diese Besuche sollten keine weiteren mehr folgen. Lediglich lange, kurze, lange Telefongespräche. Mal mit der Brillenträgerin Ioana, mal mit der Schönsprecherin Felicia, die außerdem beide immer abweisender wurden angesichts der beharrlichen Appelle. Gedemütigt und scheinbar auch eingeschüchtert durch die Beständigkeit des bizarren und normalen Benehmens, das Dina Beldeanu an den Tag legte, verlieren die Scherze der Männer an Frische. Eine freundschaftliche, angenehme Einfachheit. Äußerst angenehm ... stell dir vor! Äußerst angenehm, das ist die Wahrheit, erkennen nach und nach alle vier an. Das ist die Höhe, wiederholt aufgeregt Das Unschuldslamm, gerade das hätten wir uns nicht vorstellen können, nicht wahr, beim besten Willen nicht, ein Experiment, tatsächlich!

Wenn Vasile zurückkehrt, sind die Voraussetzungen ... die Voraussetzungen geschaffen für ... wofür bloß ... mal sehn, wie wir da weiterkommen ... das fehlte noch, daß wir uns mit dem Genossen Beldeanu anfreunden ... reichen uns die Zweideutigkeiten nicht, die wir schon akzeptiert haben, reicht uns denn die Familie Stoian nicht, über die wir, wenn wir genau nachdenken, nichts weiter wissen, als daß sie sympathisch sind, und daß sie uns dazu gedrängt haben, daß wir schließlich doch die vornehm gewordenen Kollegen aus der Jugendzeit besuchten, nein, dieses Detail können wir nicht vergessen, nicht wahr, wir können es uns nicht leisten, dies zu vergessen.

Ein Glück, daß Felicia die Verdächtigungen zurückwies und Nächstenliebe predigte: So geht es nicht, so kann man nicht denken, es zwingt dich keiner zu gesellschaftlichen Beziehungen, du kannst allein bleiben, so lange du willst, aber wenn du es einmal angenommen hast, dann ... mit Ioana hast du so viele Jahre zusammengearbeitet, dort, an jenem Forschungsinstitut, du kennst sie, kennst sie sogar zu gut, da bin ich sicher, zwischen euch war was, bestimmt, bestimmt, ich spür's, ich täusche mich nicht, bin sicher, sie hat dir nicht bloß die Studien ins Englische übersetzt, nicht bloß das, bin sicher, so daß ich mich frage ...

wie du so reden kannst, verdächtigst alle, fürchtest dich vor allen, obzwar, obwohl … du nur zu gut weißt, daß die, vor denen du am meisten Angst hast, uns verfolgen können, wie auch immer, jederzeit, sie brauchen keine Vermittler, müssen uns auch nicht beobachten, wir gehören ihnen an, sie können jederzeit tun, was sie wollen, wie auch immer…

Mignon Felicia konnte in kritischen Momenten eine ungeahnte Energie aufbringen, das wußten alle.

Auch diesmal sollte sich das bestätigen, mit Sicherheit, mit Sicherheit.

Weshalb sollten sie uns brauchen? Eher noch wir sie, eher noch wir. Vasile hat dir so oft schon gesagt, daß du ihn mit jedem Problem ansprechen kannst. Problem nennen sie es. Mit jedem Problem, so hat er gesagt. Und du hast, Gott sei Dank, genügend! Warum sollte er den Kontakt zu uns suchen, wir sind arm und dabei auch noch wählerisch.

Das Kind wird sich nicht mehr heraushalten können, mit Sicherheit, mit Sicherheit.

Ja, aber sie sind allein! Allein und langweilen sich miteinander, die höheren

Kader unter sich. Sie wollen etwas anderes, etwas Exotisches, nicht wahr. Die gnädige Dina will ein bißchen die Umgebung wechseln, und der Genosse Vasile, der Genosse Vasile ... seine Absichten sind nie klar, umsonst versuchst du, mich zu beruhigen!

Überraschung: Nach der Rückkehr des Genossen Beldeanu ins eheliche Heim endeten die telefonischen Appelle seiner vornehmen Gattin.

Weder Lady Di noch Genosse Vasile. Ein Tag, zwei, drei ... wer sollte da noch etwas verstehen. Felicia und ihr Ehekind warteten angespannt. Sie hatten sich alle möglichen überzeugend klingenden Vorwände zurechtgelegt, um einen neuerlichen Besuch zu vermeiden. Das Schweigen der Familie Beldeanu verwunderte sie. Nach und nach schien sich auch Besorgnis einzustellen. Immerhin, es ist nicht gut, mit *denen* zu spielen, *die* sind rachsüchtig. Arrogant und voller Komplexe! rief entfesselt und verschreckt Das Kind. Sicher, jeder kann rachsüchtig werden, seufzte verzeihend die Ehefrau. Sie wird sich geärgert haben, auch sie sind Menschen. Der Gelehrte hatte sich jedoch entschlossen, keinen Schritt zu viel zu machen.

Nach etwa einer Woche, scheint es, fragte Felicia bei Ioana nach Dina. Nein, Dina hatte auch bei Familie Stoian nicht angerufen. Ob etwas passiert sei? Nein, nichts war passiert. Ali hätte es gewußt, Ali trifft Bazil jeden Tag, nein, es ist nichts Besonderes.

Das Thema kehrte offenbar auch im Gespräch der Männer wieder. Felicias Gatte fragte den Gatten von Ioana nach neuen Einzelheiten über die Gattin von Vasile Bazil Beldeanu. Was ist denn los. Was ist denn passiert? Sie ist verschwunden, plötzlich, wie sie aufgetaucht ist. Ein Meteor, sieh, weg ist er, scherzte Der Junge. Stoian überging die jugendlich-bösartige Heiterkeit nachsichtig. Die Frage wurde wiederholt. Ein Murmeln war die Antwort. Vom Geheimnis beunruhigt, beharrte der Unschuldige auf seinen Fragen. Ali antwortete kurz, wie in der Schule: nichts Besonderes. Die Auskunft klang entschieden, klar und endgültig. Klar und falsch.

Woraufhin die Männer sich in der Stadt trafen, beim Spazierengehen.

Nun, was ist passiert? Komm, leg los. Ich hab verstanden, es konnte am Telefon nicht besprochen werden. Nun, schieß los.

Fühlt sich nicht so gut.

Wie bitte? Ist ihm die Reise nicht bekommen? Hat er sein Auto nicht mit Hühnern und Flaschen angefüllt, oder haben sie ihm nicht genug Benzin gegeben?

Nein, nicht von ihm ist die Rede.

Ach, Lady Di. Hat sie ihn endlich mit 'ner Sekretärin erwischt oder mit 'ner Militanten?

Nein, das ist es nicht, du wirst lachen, Bazil stirbt vor Angst vor Dina. Unerlaubte Vergnügungen gestattet der sich nicht unter 300 Kilometern von zu Hause.

Dann? War der Abstand zu gering? Du sagtest doch, er würde durchs ganze Land fahren. Das Land ist doch groß genug, nicht wahr, und ein heiliges Land ist es auch nicht.

Sie, sie fühlt sich nicht wohl. Der arme Bazil ist sehr beunruhigt. Geradezu besorgt, mußt du wissen, kein Witz. Diese psychischen Angelegenheiten, kennst du doch, wo die Lösung so schwer zu finden ist.

Unvermeidlich! Die Reaktion des Körpers. Nein, nicht des Körpers, des Wesens, die Reaktion der Seele, des Leibes und des Verstandes auf die Entfremdung. Auf die Selbstentfremdung. Die Ehe, nicht wahr, verursacht selbstverständlich solche Brüche. Oder die Tyrannei des Staates, der Eltern, die Routine des Berufs, so vieles andere. Die Leere, die unvermeidbare Leere.

Laß die Philosophie, es ist eine ernste Sache.

Und die Philosophie ist es nicht? Sag lieber, wovon die Rede ist. Schließlich wird Dina ja nicht gerade zur politischen Dissidentin geworden sein, daß es so geheim ist.

Nein, nicht das ist das Problem, selbstverständlich. Verwicklungen. Sie, sie wankte ganz schön ... Findet ihr Gleichgewicht nicht wieder.

Ali warf seine Zigarette weg und zertrat sie mit seinem großen schweren Schuh. Er sah seinem gedrungenen Gesprächspartner starr durch die Brillengläser. Betrachtete ihn gelangweilt, irritiert.

Von der Sache mit dem Trenchcoat.

Welchem Trenchcoat?

Wie welchem. *Jenem.*

Welchem?

Jenem ... die Telefongespräche. Nach dem Besuch bei ihnen. Erinnerst du dich nicht?

Was?

Erinnerst du dich nicht? Sie fragte uns, ob wir nicht vielleicht an jenem Abend einen Trenchcoat bei ihnen vergessen hätten.

Nein, mit mir hat sie über so etwas nicht gesprochen. Vielleicht mit Felicia. Nein, ich glaube nicht, sie hätte es mir gesagt. Nein, ich glaube nicht.

Wie, du glaubst nicht! Selbstverständlich hat sie auch bei euch angerufen. Sie hat doch alle Welt angerufen, selbstverständlich. Bei uns hat sie sogar an einem Vormittag angerufen, als sie wußte, daß wir nicht zu Hause sind, um mit Sorin, unserem Sohn, zu reden, der von nichts eine Ahnung hatte. Um zu überprüfen, selbstverständlich, zu überprüfen, ob wir die Wahrheit gesagt haben, wie unsere Trenchcoats aussähen, hat sie ihn gefragt. Die ist übergeschnappt, fragt nach rechts und nach links. Bis sie keinen mehr fragte.

Wie das?

Was, wie das, wie das, als verstündest du nicht! Sie hat selbstverständlich auch bei euch angerufen. Nicht bloß einmal, zweimal ... Ich hab's überprüft, die, denen sie vertraute, hat sie sogar zweimal angerufen.

Dann wird sie kein Vertrauen gehabt haben. Bei uns hat sie nicht angerufen. Felicia hat mir nichts gesagt.

Sie hat dir nichts gesagt, weil es eine Kleinigkeit war. Es schien ein Blödsinn zu sein.

Und ... war's das nicht? War's keine Kleinigkeit? Was für ein Trenchcoat ... was soll dieser ganze Unsinn?

Ali hatte sich wieder eine Zigarette angezündet. Er schloß den Kragen seiner Lederjacke, sah zum Himmel. Ein klarer, roter Himmel, dem nichts abzulesen war. Kalte und klare Jahreszeit. Die Straße, auf der sie schritten, war kahl. Sie schwiegen. Wieder sah Ali sich, lang, seinen treuherzigen Gesprächspartner an.

Nach unserem Besuch bei ihnen, am nächsten Tag, am Montag, fand Dina einen fremden Trenchcoat an ihrer Garderobe, das heißt, er fiel ihr auf. Das sagt sie. Sie hat selbstverständlich zuerst bei uns nachgefragt, ob er nicht uns gehört. Dann bei euch, ob er nicht euch gehört. Dann bei anderen. Wieder und wieder, sinnlos. Sie geriet in einen besonderen Zustand, selbstverständlich. Bis sie keinen mehr fragte.

Das heißt, der Geschädigte hat sich gefunden, der Besitzer?

Der Besitzer! Der Geschädigte! Nein! Nein, nein, nein! Darum geht es nicht … welcher Besitzer, welcher Geschädigte? Der Trenchcoat hängt nach wie vor an der gleichen Stelle an der Garderobe! Sagt sie. Im Flur von Familie Beldeanu, man weiß nicht, ob sie verstanden hat oder nicht. Plötzlich hat sie davon nicht mehr gesprochen. Es ist nicht klar, warum. Vor Angst, selbstverständlich. Aber es ist nicht klar, ob sie verstanden hat, oder nicht. Angst, weil sie verstanden hat, oder Angst, weil sie nichts verstanden hat? Bazil gelingt es nicht, den verwickelten Knoten zu finden, den Kern dieser Krise. Sie lehnt jeden Arzt ab. Als würden die Ärzte … wie auch immer, es hat keinen Sinn.

Aha … Das Kind stimmte zu, sah langsam hoch, sah den Freund Ali Stoian an und hoffte, daß dieser endlich merken würde, wie wenig er verstanden hatte, nämlich überhaupt nichts, oder wie viel er verstanden hatte, zu viel.

Du sagtest, du seist am Montag vormittag bei ihnen vorbeigekommen.

Ja, ich war da, vor dem Mittagessen, bevor ich in die Redaktion bin.

Aha, also warst du dort. Außerdem hattest du mir ja auch gesagt, daß du am Montag bei ihnen gewesen bist.

Bazil hatte mich angerufen und gesagt, daß er in größter Eile sei, kaum habe er den Artikel noch schreiben können, müde vom Vorabend. Er hatte es eilig wegzukommen, bat mich vorbeizukommen, um den Text abzuholen und in die Redaktion zu bringen.

Aha, er bat dich, und du gingst hin.

Was willst du sagen? Was fragst du ständig, was verstehst du nicht?

Nichts. Alles. Ich wiederhole, was du sagst. Du warst dort, hast den Text abgeholt, ihn in die Redaktion gebracht.

Ja, ich bin für einen Augenblick vorbeigegangen. Nicht das ist das Problem, mein Lieber!

Aber was dann?

Nicht das ist das Problem. Das hat damit überhaupt nichts zu tun.

Aber der Trenchcoat?

Welcher Trenchcoat?

Jener. Jener im Flur. Der Trenchcoat bei ihnen im Flur, wo war der?

Woher soll ich das wissen? Ich habe ihn nicht gesehen, schrie Ali entnervt. Ich habe ihn nicht gesehen, und das ist auch nicht das Problem, habe ich dir gesagt!

Der Gelehrte verbarg seinen unschuldigen, ungläubig ahnenden Blick vor den wütenden Augen des Langen.

Als ich bei ihnen war – nahm Ali die Schilderung seines Alibis wieder auf –, habe ich keinen Trenchcoat gesehen! Ich hab nicht einmal hingesehen, ob es da einen Trenchcoat gibt oder nicht. Es gab selbstverständlich keinen. Ich, ich hab den Artikel genommen und bin gegangen. Es gab keinen Grund, länger zu bleiben. Sich umzusehen. Ich erinnere mich auch nicht genau, war da einer, war da keiner, ich hab keine Ahnung. Doch nicht das ist das Problem, Mensch!

Aber was! Was ist das Problem? Das Problem, das Problem. So redest du doch. Ständig sagst du »Problem«. Es wird ein Problem geben, nicht wahr...

Ali schaute ihn lange verblüfft an.

Der Gelehrte sah ihm ahnungsvoll, verlegen und schuldbewußt in die Augen, dann senkte er den Blick. Sie schwiegen eine Weile.

Das Kind sah in den konfusen Himmel und verlangsamte seine Schritte noch mehr.

Also der Mantel ... seufzte Der Unschuldige.

Ali war ihm ein Stück voraus, hatte große schnelle Schritte gemacht und fest aufgetreten, zornig, schwer, als hemme ihn etwas.

Also der Mantel ... seufzte Der Unschuldige.

Welcher Mantel? drehte Ali sich um, hob die Hände zum Himmel, streckte sich, wurde scheinbar noch länger mit seinen langen Armen, die beinahe ausgereicht hätten, sich am Himmel festzuhalten, an irgend etwas, an was auch immer.

Nun, Trenchcoat, Mantel. *Jener* Mantel! Der Mantel! Hast du den Verrückten gelesen? Den Langnasigen.

Welchen Verrückten? Welchen Langnasigen?

Der Verrückte. Aufzeichnungen eines Verrückten. Der Teufel. Der langnasige, verrückte Teufel. Gogols Teufel hat uns in seinen Mantel eingewickelt!

Ab und zu murmelte Der Unschuldige im Rhythmus seiner müden Schritte: Der Mantel, nicht wahr, der Mantel...

Ali lächelte nachsichtig und schräg, verlangsamte seinen Gang, schritt nicht mehr mit diesen großen eiligen Schritten voran, denen der Kleine an seiner Seite nicht folgen konnte, und, wie es schien, auch nicht anders zu folgen bereit war, als in seinem eigenen, reduzierten Rhythmus, beherrscht und sachte. Ali fuhr sich mit der Hand durch sein krauses, schwarzes Haar, rieb sich nervös die Stirn und die Schläfen.

Nun, Dina wird ja genug geahnt haben, im Verlauf der Jahre. Vielleicht wußte sie auch schon viel, oder sie wollte nichts wissen. Eine Ehe ist eine Ehe, selbstverständlich. Bazil ist kein Gorilla, aber auch kein Engel. Um die Treppe hochzusteigen, rempelst du schon mal einen an, wirfst mal den einen um oder den anderen, nutzt auch die Dunkelheit. Jetzt ... der Tropfen! Für sie vielleicht erst jetzt. Der Tropfen, der das Glas füllt. Passiv wie viele, doch plötzlich wird er rot, Blut, und ändert, wie sagt man ... wie heißt das ... ja, das Lackmuspapier. Ändert die Farbe des Lackmuspapiers.

Er blieb stehen, die Erklärungen schienen ihm nicht auszureichen, auch nicht klar genug für den komplizierten und kindischen Verstand Des Gelehrten, der auf seine Unschuldsmaske und die beharrlichen und naiven Fragen nicht verzichten wollte; verdächtig naiv, verdächtig beharrlich, eigentlich so, als wüßte er längst alles, was man ihm sagen könnte, ja sogar viel mehr, und als fragte er bloß so, einer Inszenierung entsprechend, einem Drehbuch getreu, weil er seinem Freund Ali nicht vertraute, weil er niemandem vertraute, einzig mit der Wahrheit befreundet, nicht wahr, mit der Wahrheit allein, wie sollte man so einem beikommen, der, um den Verdacht seines Freundes Ali abzulenken, seine windige Rolle weiterspielte, unschuldig, unerkannt, fernab aller irdischen Kleinigkeiten, mit denen er fasziniert spielte.

Der Tropfen ist irgendeiner, mein Lieber, fuhr der Pädagoge Ali angeregt fort. Gewöhnliches Wasser. Kein Blut, mein Lieber, es ist kein Blut mehr. Denn auch die, die uns beobachten, sind gelangweilt. Gelangweilt, mein Herr! Sie arbeiten lustlos, so, daß der Monat vorbeigeht und sie ihr Gehalt kassieren. Fertigen Berichte an, damit es so aussieht, als seien sie beschäftigt, sonst würden ihnen Stellen gestrichen und sie verlören ihre Privilegien. Arbeiten ins Leere, ohne Engagement. Nicht bloß auf den Feldern und in den Fabriken wird lustlos gearbeitet. Selbst diese Institution ... *Die Institution,* das heißt, du weißt, worauf ich mich beziehe, selbstverständlich. Die wichtigste Institution. Auch sie ineffizient wie die untergeordneten Institutionen auch. Die allerbesten Mittel zur Verfügung, selbstverständlich, aber sie arbeiten ins Leere, Gelehrter, glaub mir, ins Leere. Stell dir doch mal vor ... ständig füllen sie Ordner und Schränke an. Berichte, Noten, Akten, Akten. Und? Nichts! Nichts, mein Junge. Sie können's nicht in die Praxis umsetzen, in Tätigkeit, was sie ständig vorbereiten und ergänzen und wieder aufgreifen und vorantreiben. Wir leben nicht mehr in der Zeit des schnurrbärtigen Georgiers. Umsonst wiederholen die von drüben, aus dem Konsumparadies, die Slogans von der Utopie und dem Terror. Welche Utopie, davon ist doch überhaupt nicht mehr die Rede ... und als ob jene mit ihrem Pragmatismus die Lösung gefunden hätten.

Sieh doch mal hin, was es heißt, wenn die Utopie fehlt, und sieh dir uns an, was es heißt, wenn alles fehlt, die Utopie inbegriffen. Aber man verhaftet nicht mehr Tausende bei Nacht und Nebel ... obzwar das Material, die Vorwände werden ständig vorbereitet, selbstverständlich, die Maschine muß laufen, wenn es sie schon gibt, muß arbeiten. Ins Leere! Schränke, ganze Zimmer voll. Dossiers, Dossiers, Dossiers, die nicht benutzt werden. Minimale Leistung auch bei denen, damit du's weißt. Minimale Leistung, mein Junge.

Ali war müde geworden, er schien keine Geduld mehr zu haben, um, zum wievielten Male, selbstverständliche Dinge zu wiederholen, die er beizeiten verstanden hatte, schon lange, selbstverständlich, selbstverständlich.

So also ... jener Tropfen, der das Glas füllt, das lange schon voll ist, ist kein Blut. Umsonst ist die arme Dina so erschrocken. Angst ist da nicht angebracht, auch Identitätsprobleme sind es nicht. Es ist nichts Großartiges, auch kein Grund zur Hysterie, glaub mir, es ist keiner. Routine, Langeweile, wie du mal gesagt hast. Der Teufel ...

mit der gleichen Langeweile vernichtest du ihn auch. Weil er sich selbst vernichtet, selbstverständlich. Eine Gesellschaft ohne Epik, Gelehrter. Enorme Langeweile, wie du oft sagtest. Das ist unser kleiner Teufel, er saugt alles auf, lenkt alles um, zersetzt alles und wird selbst absorbiert. Nein, man sollte ihn nicht treffen wollen, besiegen, man sollte ihm nicht trotzen wollen, denn dann mobilisiert er seine Kräfte und vernichtet dich. Aber wenn du ihn annimmst, vernichtest du ihn Schritt für Schritt, wie von selbst geht er zu Grunde. Ohne sichtbare Taten, denn die Regel lautet: ohne Epik. Die unterminierte Epik, das ist unsere Chose. Langeweile, du hattest recht, selbstverständlich.

Diese Banalitäten zu wiederholen genötigt, die heutzutage selbst ein Kind schon spürt, und versteht und vergißt, wie es ihnen gerade gebührt, hatte Freund Ali sich gehörig aufgeregt.

Der Park war nahe. Es war Abend geworden. Ein klarer, kühler Abend. Der Park war leer und still.

Ali begann den Initiationskursus von neuem, mit neuen Kräften. Er hatte seine

Ruhe wiedergefunden, wurde immer ausführlicher, immer didaktischer.

Stoian kam auf den unklaren Punkt zurück, diesmal sogar mit einer sonderbaren Gelöstheit. So, als hätte es die Begebenheit, über die sie gerade gesprochen hatten, überhaupt nicht gegeben. Wie man das wiedergibt, was man in den Sensationsrubriken erfahren hat. Merkwürdigkeiten, die er, so schien es, sehr gut verstehen konnte, und die ihn nicht verwirrten, nicht im geringsten. Er schien sich schon lange daran gewöhnt zu haben. Wie man einem Kind ... das Funktionieren der selbstverständlichsten Begebenheiten in seiner eigenen Umgebung schildert, die es noch nicht begriffen hat.

Offizielle Tonlage und pädagogische Ordnung, Schritt für Schritt an die Logik der Unwissenden angepaßt: Über die Besprechungen, zu denen man sie in periodischen Abständen ruft, die einen, die anderen; über die Orte, an denen solche Begegnungen stattfinden.

Der Zuhörer schien von außerordentlicher, übertriebener Aufmerksamkeit. Hörte zu, hörte nicht zu, als nehme er etwas anderes wahr, eine andere Stimme, andere Stimmen, unverständliche Wellen, den Rumor in der Luft, das unterirdische stöhnen, abgehackte Befehle oder das erschrockene Wimmern irgendwo weit weg, in der Nähe, ringsum, oder bloß die Träumerei, in der er abhob, um die Spiele wiederzufinden, das Versteck, den Reiz.

Es waren keine offiziellen Orte, selbstverständlich ... fuhr irgendeine Stimme fort, irgendwo, irgendwann. Die Berichte werden nicht mehr im Amtszimmer abgegeben, auf diese Verfahrensweise wurde verzichtet, obzwar die Personen, die solche Besprechungen verordneten und dirigierten, selbstverständlich vom Amt waren, oho, und wie ... die Stimme gewann nach und nach an Timbre, wurde zur Person ... inoffizielle Räume aber offizielle Personen, obzwar die offizielle Mission nicht legal war, o nein, überhaupt nicht legal, oho, keine Rede davon ... die Stimme simulierte die Blasiertheit immer perfekter, ja, ja, vereinzelte sich, eine bekannte Stimme, nicht wahr, ja, ja.

Die Appartements? Der Zweitschlüssel? Durch Zustimmung des Bewohners, selbstverständlich, obwohl, obwohl, nun ja, man weiß nie, zu komplizierte Angelegenheit, selbstverständlich, selbstverständlich.

Wie, die sollen den Schlüssel haben, fragte Felicia bestürzt, bevor sie zu Bett ging, zu der Stunde, da ihr zahmer Mann ihr sonst die Geschichten zum Kindereinschläfern erzählte. Das heißt, Vasile hat es denen erlaubt ... das heißt, die hatten den Schlüssel und wußten, wann keiner zu Hause ist, oder ... aber wie ... und dann ... warum, wieso der Mantel, das heißt, der Mantel, der Trenchcoat, meine ich, hat mich völlig verwirrt. Das heißt, ohne jede Beziehung zu unserem Besuch? Schon lange vergessen und, und ... und sie hat's nicht gemerkt? Oder er tauchte am nächsten Tag auf, nach dem Besuch? Das heißt, sie hat's verstanden, oder, oder gerade weil sie es nicht versteht? Und, die, die, was für Begegnungen, Besprechungen, meine ich, und warum, warum nutzen sie nicht ihren offiziellen Amtssitz für Verhöre, das heißt für Begegnungen, meine ich, die Treffen mit *denen,* mit den Informanten, oder wie die heißen, ihre Leute, nicht wahr, die können doch offiziell kommen. Wieso nicht, sind es etwa nicht ihre Leute, wieso nicht, was, nicht so richtig ihre Leute? Genötigt, wie das, genötigt, wie erniedrigt, wie das, erniedrigte Leute? Das heißt, du, du, würdest du es akzeptieren ... nein, ich rede nicht über Ali und seine Theorien, nein, auch nicht über Vasile, nein, auch nicht über ihre Frauen, nein, nein ... du, würdest du es akzeptieren ... würdest du einwilligen, daß ... wieso fremde Appartements, wieso das? Die familiäre Atmosphäre, der häusliche Rahmen, wie, nein, das nicht, ich verstehe nicht, häuslicher Rahmen, welcher Art, welcher Art Prädisposition ... welches Geschwätz, wieso Geschwätz, Schwatzhaftigkeit, der Eindruck von der intimen Atmosphäre? Wieso intim, wieso ... wieso größere Effizienz, wie kannst du so etwas behaupten ... wieso Intimität, welche Intimität.

Solche Geschichten eignen sich nicht für den Abend, bevor man zu Bett geht. Zu groß ist die Verwirrung, endlos kreisen die Fragen. Letztlich kann weder der Erzähler noch der Zuhörer sich für längere Zeit der Spannung des Gegenstandes entziehen. Wie auch immer, es gibt alltäglich genügend Sorgen und Ängste, sie müssen nicht noch vermehrt werden, diese geheimnisvollen Greuelgeschichten sollten vermieden werden. Also beschloß das Paar, nie wieder darauf zurückzukommen, niemals mehr solche Gespräche zu führen. Den Vorfall zu vergessen, als hätte es ihn nicht gegeben.

Das andere Paar, die Stoians, hatten die Lösung des Rätsels nicht besprochen. Klüger, ohne Zweifel. Vielleicht auch unbekümmerter solchen überhaupt nicht rätselhaften Geheimnissen gegenüber, oder aber schlicht und einfach vorsichtiger, es vermeidend, die Tage und Nächte, vor allem die Nächte, mit unlösbaren Fragen zu befrachten.

Einige Monate später aber geschah das Unvermeidbare. Die Ehefrau kam aufgeregt nach Hause. Die Schlange beim Bäkker, in der sie bei Dunkelheit und Kälte einige Stunden gestanden hatte, reichte als Argument nicht aus, schließlich hatte sie sich daran schon gewöhnt.

Die wortlose Aufregung und die Art, wie sie immer und immer wieder ihre Brille putzte, kündigten etwas Ungewöhnliches an.

Der Mann korrigierte gerade das Manuskript des Artikels, der am nächsten Tag in der Zeitung stehen sollte. Sehr beschäftigt, denn er war ihm am Telefon von oben diktiert worden, vom Stockwerk der Macht.

Er hob seinen afrikanischen Kopf und betrachtete etwas ungehalten seine Frau. Sah sie an, wartete. Die Frau strich ihr kurzes Haar glatt und blickte ihn mit ihren schneidenden grünen Augen grimmig durch die Brillengläser an.

Warum hast du's mir nicht gesagt?

Was?

Du weißt schon ... ich hab doch gespürt, daß etwas geschieht. Schon länger spürte ich das. Ich hab's gespürt, aber mich gehütet zu fragen. Man kann nie wissen, hab ich mir gesagt, vielleicht täusche ich mich. Ich spürte, daß was geschah, daß immer mal wieder etwas im Zusammenhang mit jener Geschichte passiert. Ich wartete darauf, daß du es mir sagst. Damit auch ich verstehe, wovon die Rede ist.

Was denn? Wovon redest du? Was ist denn noch geschehen?

Was noch geschehen ist! Hör dir das an, was noch geschehen ist ... Ärmster, als wärst du abwesend, nicht von dieser Welt.

Du, ausgerechnet du, der du alles weißt, alles, vor allen anderen und mehr als nötig.

Was soll ich wissen, wovon ist die Rede?

Die junge Romantikerin, nicht wahr? Die ihren Vater umgebracht hat, der Alte, der an gebrochenem Herzen starb, weil sein teurer Schatz mit einem Flegel abgehauen ist, mit einem zerlumpten Faulpelz, der nachher der große Kleine wurde oder der kleine Große? Vornehme Dame, nicht? Teures Haus, teure Kleider, teure Worte. Eine Statue, nicht? Ich hab sie gesehen! Bin ihr begegnet! Heute abend auf der Straße. So daß ich nun begriffen habe. Du mußt es mir nur noch erklären. Der Schock ist zu groß, ich komme überhaupt nicht mehr zu mir. Ich will klare Erklärungen. Klare, verstehst du? Klare, klare, klare!

Sie schrie, der Ehemann wußte vermutlich, daß die Krise folgen würde, das Weinen, wer weiß, was noch alles. Er legte seine Papiere beiseite.

Erst einmal mußt du selber klar sein. Mir klarer sagen, wovon die Rede ist. Bis jetzt habe ich nichts verstanden. Beruhige dich, sage, was du sagen willst, was geschehen ist.

Glaubst du, ich bin blöde? Oder glaubst du, daß ich verrückt bin? Ich bin ihr begegnet! Hab sie vor zwei Stunden auf der Straße getroffen. Bin stehengeblieben, wenn du's wissen willst. Ich habe sogar mit ihr gesprochen. Ganz normal mit ihr gesprochen ... völlig normal. Weißt du, was sie mir erzählt hat?

Der Ehemann ließ die Gleichgültigkeitsmaske fallen. Gelangweilt? Ruhig? Nein, mitnichten, er war ungeduldig, aufgeschreckt, verwirrt, man hätte vermutlich nicht genau sagen können, was er tatsächlich war.

Weißt du, was die vornehme Dame erzählte? Die Geschichte, die Bukarest der Breite und der Länge nach durchzieht, von den Kindern zu den Alten, von der Miliz zu den Chauffeuren. Die Geschichte vom verschwundenen Toten. Das heißt, von der Toten. Auch du hast sie bestimmt schon zwanzigmal gehört.

Ich habe von keiner Geschichte gehört, von keiner Toten. Wie du siehst, bin ich nicht so gut unterrichtet ... murmelte der Resignierte mit verhaltener Stimme.

Ärmster ... als glaubte dir noch irgend jemand! Als glaubte irgend jemand noch ein Wort, als glaubte irgend jemand dir auch nur noch ein Komma ... Aber vom letzten Erlaß im Zusammenhang mit der Beerdigung der Verstorbenen an dem Ort, an dem der ewige Segen sie getroffen hat, davon hast du doch gehört?

Der Gatte schwieg, wie sollte man da erfahren, was er weiß, und was nicht.

Die Toten müssen dort bestattet werden, wo sie gestorben sind! Gut, gut ... der Ärmste, er weiß von nichts, nichts, ich muß ihn aufs laufende bringen, gut, gut ... also weißt du auch nichts über die Geschichte mit der Toten? Sie wird Hunderte Male am Tag erzählt, in allen Häusern, in den Büros, den Schulen, überall, aber er, der Ärmste, er weiß von nichts! Eine alte Bäuerin ... der Tod ist ihr begegnet, die Seligkeit, hier in Bukarest, nicht in ihrem Dorf, wie sie es sich gewünscht hätte, neben ihrem Mann und dem Hausstand eines gelebten Lebens. Sie war hier in Bukarest zu Besuch bei einem der Söhne. Der Sohn wollte sie zurückbringen, ins Dorf, wo die restliche Familie lebt. In ihr Dorf, um sie dort zu beerdigen. Verboten! Nicht erlaubt, nicht einmal die Leiche, auch nicht die Leiche im Sarg. Verboten, so hat es, wir wissen schon, wer, dekretiert. Nicht einmal das ist mehr erlaubt. So zu sterben, wie du willst und wo du willst, da zu verfaulen, wo du willst, anstatt da, wo es dir auferlegt wird.

Es wäre gut ... Ioana, es wäre gut, wenn du dich beruhigtest, dich beherrschtest, du wirfst mit Wörtern um dich ... wirr...

Wirr? Das heißt, ich soll auch in meiner Wohnung vor Angst sterben, nicht? Und was ... und was, wenn ... und was, wenn sie alles erfahren, was ich sage, und was, wenn die Wände Ohren haben, siehst du, das interessiert mich nicht, das geht mich nichts mehr an! Der Sohn hat den Leichnam der Mutter in einen Teppich eingerollt! So einen großen, so eine lange und dicke Rolle. Und hat ihn aufs Autodach gepackt. Um den Teppich zum Elternhaus zu transportieren. Die Alte dort zu bestatten, wo sie hingehörte. Er nahm einen Arbeitskollegen mit und fuhr los. Eine lange Strecke bis ans andere Ende des Landes. Unterwegs hielten sie an, um zu essen, zu schlafen, was weiß ich. Und da wurde der Teppich gestohlen! Irgend jemand hat den Teppich vom Autodach gestohlen ... ! Ein riesiger Teppich, in dem die Leiche war ... gestohlen. Das ist's ... man weiß nie ... das ist die Geschichte des Tages, die alle wiederholen. Auch ... auch die vornehme

Dame! Ein normales Gespräch ... völlig normal. Alles war sehr normal. Die gleichen kurzen, berechneten und polierten Sätze. Wie auf der Bühne aufgesagt. Die gleiche Distanzierung ... jene überhöfliche Kälte der Übereinkunft, die einen erniedrigt und aus der Fassung bringt. Die gleiche, die gleiche, wie wir sie kennen. Aber sie übersetzte jene Geschichte in einen steifen akademischen Vortrag. Diese Geschichte aus ihrem Mund! Ein Gespräch in großartiger Haltung ... in ihrem kleinen Mund ... mit ihren Krokodilstränen.

Der Mann sah zu Boden. Sein schwarzer, schwerer Blick haftete an der roten Blüte in der Mitte des Teppichs.

Ioana ging im Zimmer auf und ab, blieb stehen, sah ihren Mann an, wartete, nahm den Angriff wieder auf.

Alles schien vollkommen. Geschminkt wie immer. Sehr gepflegt, distanziert, förmlich, wie man sie kennt. Keine Veränderung war zu erkennen. Bloß jener Trench ... so viel. Teure Schuhe und eine tadellose Frisur und frische Maniküre. Frisch manikürt, selbst an jenem gräßlichen Finger. Die Frisur, die Maniküre, der Schal aus chinesischer Seide. Geschminkt ... die Lippen, die

Lider, die Wimpern ... mit Lippenstift und Pinzette. Die perfekte Maske, Königin Nofretete. Die Haltung, die perfekten Sätze, alles wie sonst. Bloß der Trenchcoat ... der lange Herrentrench ... der Trenchcoat! Hing wie ein Sack an ihr.

Ali betrachtete den Teppich, Ioana ging aufgebracht auf und ab, blieb stehen, sah wütend ihren Mann an, ahnte etwas, drohte zu explodieren, war kurz davor, der Wut, die sich angesammelt hatte, Luft zu verschaffen.

Der Trenchcoat. Weißt du, was für Trenchcoats sie trugen? Vielleicht weißt du's nicht ... Sie trugen das gleiche Modell. Beide das gleiche Modell! Jenes, das billigste Modell, das es in allen Läden gibt und das kein Mensch kauft. Jene langen und weiten Trenchcoats, die wie farblos aussehen, irgendwie entfärbt. Eine Art Baumwolle, die mal Baumwolle war und die mal irgendeine, man weiß bloß nicht, welche, Farbe hatte. Die Farbe des Windes, die Farbe des Nebels, die Farbe unserer farblosen Langeweile. Lang, weit, männlich. Ohne Taille, ohne Schnitt, ohne Farbe. Die gleichen, hörst du! Beide den gleichen Trenchcoat. Als wären sie beide aus irgendeiner schwierigen Lage entkommen, aus dem Lager von früher oder aus der Wildnis, oder aus dem Zirkus. Der gleiche Trench, hörst du, der gleiche! Ob ich mich täusche? Ich sehe Gespenster, bin verrückt? Alpträume, Gespenster, selbstverständlich, ich bin müde, hysterisch, nicht wahr? Ist es nicht so? Ist es nicht so ... sag, auf einmal, woher, wo kommt er bloß her, so, aus heiterem Himmel, der Wahnsinn? Aus der Untätigkeit, aus der Feigheit, aus der Müdigkeit, den Kompromissen und der Normalität, aus dieser unnormalen, vegetativen pathologischen Normalität, in der wir ersticken? So, aus heiterem Himmel, aus diesem lauwarmen Schlamm, dem wir uns anpassen? So, aus heiterem Himmel, zwischen den Witzen, dem Geschwätz und Gegreine?

Es war, als wäre der Schatten einer langen, dünnen und unsichtbaren Schlange durch die Luft gezischt, doch man hörte nichts. Die Frau atmete tief durch und war still. Ihre Stimme war nach und nach schwächer geworden, hilflos, erstickt.

Nun hast du verstanden. Nun werde auch ich es verstehen, hoffentlich.

Der Mann schwieg. Das finstere Gesicht war nach und nach schwärzer geworden.

Die Frau betrachtete ihn, wartete. Ihre kleinen grünen Augen hinter den dicken Linsen … und das weiße Gesicht, immer bleicher, und die kurzen Haare, die bei jeder nervösen Kopfbewegung vibrierten.

Du weißt sicher auch, wer sie begleitete … vielleicht erklärst du mir auch das.

Der Mann betrachtete selbstverständlich wieder den roten Fleck auf dem Teppich.

Aha, also weißt du auch das. Also gibt es für alles eine Erklärung … du wußtest auch das, selbstverständlich. Mir hast du aber nichts gesagt. Damit ich so bleibe, gelähmt, vom Mond gefallen. Gelähmt war ich, damit du's weißt. Erst einmal als ich sie gesehen hab. Man weiß ja nie … ist sie's, ist sie's nicht. Dann das Selbstverständliche des Gesprächs. Die Ticks, die sie immer hat, ihre gefrorenen Sätze. Der distanzierte Zugriff, die herrschaftliche Haltung. Wir redeten über dies und jenes … über die Kleinigkeiten des Tages … die Geschichte des Tages, der Leichnam, die Tote, die in dem gestohlenen Teppich versteckt war … als wäre alles normal gewesen, als hätten diese Sätze zur Geschichte gepaßt, als hätten solche Ereignisse sie je interessiert, als wäre sie je in der Lage gewesen, über solche Dinge zu reden, irgendwann. Ich versuchte, jenen langen und weiten Trenchcoat nicht zu sehen, in dem sie sich verlor, zart, dünn, wie wir sie kennen. Vom Kiosk an der Ecke kommt ... Der Forscher. Der Gelehrte! Im ersten Augenblick hab ich nichts verstanden. Ich wollte ihm gerade ein Zeichen geben, ihn rufen. Man weiß ja nie, vielleicht hat er mich nicht gesehen. Aber Der Gelehrte kam völlig ruhig genau auf uns zu. Er kam heran, fragte mich, nun, was meinst du, was hat er mich gefragt? Wie es mir geht! Das hat er mich gefragt, wie es mir geht ... das hat mich Der Unschuldige gefragt. Zu ihr sagte er kein Wort. Ich war verblüfft, erstarrt, wußte nicht, was ich, wußte nichts mehr, verstand nichts mehr.

Ioana Stoian konnte sich nicht mehr zurückhalten. Rannte in die Küche, es schepperte und polterte durcheinander, ein hingeknallter Stuhl, Besteck klimperte, wie es schien, dann rannte sie zum Bad, blieb lange im Bad. Schließlich tauchte sie wieder auf. Mit der rechten Hand wischte sie sich die Stirn ab, in der linken hielt sie ein Glas Wasser. Sie schlürfte lange, bis auf den Grund, stand, das leere Glas in der Hand, da.

Plötzlich war mir klar, daß sie eigentlich zusammen waren. Er war bloß in den Tabakladen gegangen, um sich Zigaretten zu kaufen. In dem Augenblick, da ich sie erblickte, stand sie allein und apathisch dort auf dem Bürgersteig. Jene merkwürdige Erscheinung … plötzlich, vor mir.

Alexandru I. Stoian schwieg. Er sah sich auch nicht mehr den Teppich an. Sah nirgendwo mehr hin.

Fragte mich also förmlich, wie's mir noch geht. Dann nahm er sie sanft am Arm. Sagte »Auf Wiedersehn« und … sie gingen. Zu viel für einen einzigen Tag. Nach so vielen Stunden, bei dem Gedränge, in Lärm und Kälte und Elend; schließlich war ich eben erst erschlagen und siegreich mit dieser ekligen Tüte voller schäbiger Wurststücke in der Hand der Schlange entkommen. Die Begegnung mit ihr und nach einigen Augenblicken … landet auch Der Marsmensch. Dort, zwischen uns beiden. Als wären sie Verwandte oder Ehegatten oder Liebende, oder Missionare, oder aus der gleichen Zelle, der gleichen Zelle entkommen oder dem gleichen Spital, oder aus der gleichen makabren Theatergruppe. Er, dort, zwischen uns … Das Kind! Der

Gelehrte! Der Forscher! Eine Art Komplizenschaft, ich weiß nicht … etwas Merkwürdiges. Ich war völlig verwirrt. Und diese Trenchcoats! Die gleichen, die gleichen … ich drehte durch. Als kämen sie aus einer anderen Galaxie, oder als wären sie unterwegs dorthin … ich weiß nicht, man weiß nicht, weiß nicht mehr.

Alexandru I. Stoian schwieg. Er sah nirgendwo mehr hin, nichts mehr, hörte aber, vielleicht, hörte alles, jedes Wort, selbst wenn er verstummt war, seit langem verstummt.

Ein Alptraum! Eine Stunde habe ich dann an der Bushaltestelle gewartet. Hunderte von Menschen mit Tragetaschen, müde, ungeduldig, verroht, bereit, sich gegenseitig zu zerreißen. Ich wurde schlicht und einfach in den Bus geworfen, die Welle hat mich hochgenommen und hineingespült. In dem Gedränge konnte ich nichts mehr sehen. Plötzlich fand ich mich im Bus wieder, eingepfercht zwischen all den verschwitzten Leibern. Ein Alptraum. Ich kauerte gelähmt, neigte mich, schwankte mit der kompakten Masse schwerer und müder Leiber in jeder Kurve. Doch ich spürte nichts, nahm nichts wahr.

Ich fühlte nichts mehr. Eigentlich war ich dort auf dem Bürgersteig vor dem Geschäft zwischen den beiden Marsmenschen stehengeblieben. Sie alleine sah ich. Ich fand nicht mehr zu mir zurück ... Ein Alptraum.

Tja, murmelte nach einer langen Pause Alexandru I. Stoian.

Und ... und ... der Trenchcoat? Was ist, was ist mit ... mit jenem Trenchcoat? gab, wieder bei Kräften, Ioana Stoian sich einen Ruck.

Nun ... den hat jemand vergessen. Verstehst du ... der wäre ... der wäre verschwunden, der wäre verschwunden, selbstverständlich, bis zuletzt wäre der ebenso verschwunden, wie er aufgetaucht war. Genauso unerwartet wie ... wie er aufgetaucht war. Verstehst du ... der gleiche Jemand, oder jemand anderes, oder ... nun ja, er wäre verschwunden, man hätte ihn sich wiedergeholt.

Wie, wie jemand anderes, wie ... nein, nein, das ist zuviel!

Tja ... er wäre verschwunden, bloß trat dann die Krise auf. Die Krankheit, meine ich, der Bruch. Der Trenchcoat ... wie du siehst. Er konnte nicht mehr zurückgeholt werden. Er wurde zu etwas anderem. Hat sich verwandelt, anthropomorphisiert, wie man so sagt.

Wie sagt man? Wer, was für ein Anthropo, welcher Morpho, siehst du, nun stottere ich auch noch, also wie, machen wir jetzt Theorien, das machen wir jetzt? Anthro, phormo, morpho, das ist das Problem? Das heißt doch, daß du verrückt bist, daß ich verrückt bin, daß wir alle verrückt sind, alle, alle, sind wir das? Das heißt, daß auch ... auch, auch ... ihr Mann ... der Ehemann, mein ich? Der Schlaumeier, was macht der? Oder weiß der etwa von nichts ... selbstverständlich, die Gatten erfahren immer als letzte, was schon das ganze Dorf weiß.

Nein, es ist nicht das, was du meinst. Er weiß davon, der Arme, er weiß es, hat mir alles erzählt. Der Andere, Der Forscher, wie du ihn nennst, der hat sehr sensibel auf dieses Vorkommnis reagiert.

Sensibel? Brüllte die Verrückte den Verrückten an. Sensibel, das ist das Wort? Sensibel für das Unglück des Genossen Vasile, das willst du sagen? Wer dreht hier durch, wer, wer, ich, du, alle, wer? Also, wer auch immer, was auch immer, das willst du sagen?

Die Verrückte drehte sich schnell, schnell auf dem Absatz um, konnte die Aufregung nicht mehr ertragen, hielt plötzlich genau an der Stelle an, wo sie ihn mit ihrem grünen, phosphoreszierenden und ahnungsvollen Blick giftig anstarren konnte, ihn, den Verrückten, der, mit aufgesperrtem Mund erstarrt, nicht mehr dazu kam, ihr zu antworten.

Jedermann, alles, das ist die Erklärung? Jedermann kann alles tun, kann alles mögliche fühlen, jederzeit, gegenüber jedem, ist das der Code? Wer? Das Kind, wie du immer sagst? Wer? Der hervorragende Schüler, der hervorragende Student, der seinen Kollegen Vasile im Lyzeum wie einen Einfaltspinsel behandelte? Das Babylein, das mit dreizehn Rimbaud und Marx gelesen hatte, als jener mit den Flegeln auf der Straße den Ball trat? Und, und die Mathematik, die Physik, die Diplome? Die Krise, der Niedergang? Und, und das Buch, der merkwürdige und kurze Erfolg am Rande … Eine Randfigur, das ist er, an den Rand gedrängt von ihm, von den anderen, hält sich fern von den beschissenen Maskeraden um ihn herum, isoliert deswegen, an der Peripherie, aber jener, jener andere stieg auf in der Hierarchie und in den Privilegien, bis alles sich verlangsamte, und seine Fahrt ... das heißt, auf einmal ist er sensibel geworden für das Leiden, das heißt für die Sünden und Geheimnisse und das Dreckloch des Ferkels, das willst du behaupten? Sensibel für den Snobismus der Emporkömmlinge, die sich dafür zerreißen, daß sie diese Ausgeschlossenen, diese verkrachten Randfiguren an ihren Tisch kriegen, um sie zu protegieren, und um ihnen zu zeigen, daß auch sie jemand, das heißt Menschen sind, die Armen, Höflichen, Gastfreundlichen, Abgerichteten, Ferkelchen, Manirierten, Witzbolde, ja sogar Liberalen, man kann ihnen nicht einmal ansehen, daß sie auch dem Teufel dienen können, jederzeit, zu allen Drecksarbeiten bereit, zu allen Lügen, zu jedem Verrat und jeder Grausamkeit und, und ... sensibel für diese? Also jedermann, alles, alle gleich, keiner kann sich retten, das ist die Theorie, hinter der du dich versteckst? Vielleicht kannst du, vielleicht, vielleicht kann man nichts und niemanden mehr unterscheiden ...?

Sensibel für das Ereignis, sagte ich, nicht Bazil gegenüber, so hab ich's gemeint. Aber du hörst ja nicht mehr zu, wenn man dir was sagt, steckst in der Krise.

Tja, für das Ereignis, eben! Das hab ich doch auch gesagt, daß bloß der Ehemann noch nicht weiß, was schon lange das ganze Dorf weiß.

Es ist nicht das, was du meinst, wiederholte sanft Ali Stoian. Sie ist krank, so scheint es. Mit diesen Krisen, diesen Krankheiten, da kann man nie wissen. Komplizierte Sachen. Mal scheint sie krank zu sein, mal normal ... eine komplizierte Geschichte. Man kann nie wissen, das sind besondere Krankheiten. Er hat sich täglich nach ihr erkundigt, dann haben sie miteinander gesprochen. Zuerst am Telefon, dann trafen sie sich. Sie treffen sich regelmäßig. Es tut ihr gut, bei ihr schlagen diese Begegnungen sehr gut an. Was kann man machen, man kann nie wissen ... sie kommt beruhigt zurück, so hat Bazil es mir erzählt. Sie kommt beruhigt zu Hause an, so als wäre nichts geschehen.

Und er, er ... Der Zerknautschte ... Das Kind ... er, wieso hat er sich eingemischt? Was hat den denn gepackt? Schließlich hat er sie doch nicht ausstehen können, er deckte sie mit den gräßlichsten Epitheta ein, ertrüge es nicht, sie zu sehen. Was hat ihn so holterdipolter gepackt?

Wieso regst du dich denn so auf? Es ist eine Geste von großer Zartheit, das ist es! Und von Geduld, selbstverständlich. Es wird nicht allzu angenehm sein, das kannst du dir ja vorstellen. Er verliert genügend Zeit, mit diesen Spaziergängen. Voller Verständnis und Aufmerksamkeit, ja ... eine bewundernswerte Geste.

Ei, nun werde ich aber wirklich verrückt! Aufmerksamkeit, Geduld, bewundernswerte Geste! Hältst du mich für blöde oder für verrückt? Ich hab's dir gesagt, du hältst mich entweder für beschränkt oder für hysterisch ... deshalb hast du mir nicht erzählt, was alles geschehen ist und geschieht. Bewundernswerte Geste, hör dir das an ... Etwas anderes steckt da drin, etwas anderes ... darunter, etwas anderes, völlig anderes. Ich kann mir Das Mäuschen nicht vorstellen, wie es seinen Käfig und seine Bücher verläßt, um spazierenzugehen mit ... in der Rolle der Anstandsdame. Und der Trenchcoat, das heißt, die Trenchcoats? Was für eine Farce ist das nun wieder, eine Gespensterkomödie? Nein, nein, etwas anderes, etwas anderes! Was anderes,

anderes, schrie bleich und aufgewühlt Ioana Stoian.

Etwas anderes ist dahinter! Überall ist noch etwas dahinter, selbstverständlich. Selbstverständlich, selbstverständlich! Nichts ist so, wie es scheint, nichts, niemand. Auch der eigene Ehemann nicht, niemand! Jedermann kann alles werden! Jedermann, jederzeit, alles? … sag, he, antworte. Wohltätigkeit, was! Forschung … bestenfalls. Ein Forschungsgegenstand! Das ja, selbstverständlich. Ein Experiment, nicht wahr … Forschung, Studien, wenn du so willst, wenn dir der Ausdruck gefällt. Studien, nicht wahr? Höchstens das, bestenfalls! Kann sie nicht ertragen!, da bin ich mir sicher, schrie Ioana Stoian. Sie hatte die Hände wie zum Schutz erhoben, um sich vor jeder möglichen Antwort ihres Mannes zu schützen.

Sie brauchte keine Pausen mehr, um wieder zu Atem zu kommen, nein, jede Unterbrechung war unerträglich geworden, die Explosion konnte nicht mehr beherrscht werden.

Er kann sie nicht leiden, hat sie nie ertragen können! Auch jetzt kann er sie nicht leiden, da bin ich mir sicher, sicher. Umsonst hat er sich den gleichen Trenchcoat angezogen. Oder vielleicht ihr? Simulation, nicht wahr, die Voraussetzungen fürs Experiment?! Die Bedingungen für die Studien und Forschungen, das sucht Der Unschuldige, Der Heuchler! Will jemanden auf den Arm nehmen, aber wen, mich? Dich ... vielleicht uns alle. Sich selbst? Um etwas zu beweisen, bloß was? Jedermann, jeden, alle, das ... das verfolgt er, oder was, was? Man kann nicht wissen ... ob nicht sogar er alles eingefädelt hat, man kann es nie wissen. Ich würde mich nicht wundern, nein, nein, es sollte mich, selbstverständlich, nicht wundern. Um zu beobachten, zu erkunden, nicht wahr, jenseits der Erscheinungen! Erscheinungen!, hör dir das an ... diese Trenchcoats, Erscheinungen! Der Zynismus des Forschers, mehr nicht! Höchstens das! Das höchstens, sag ich dir. Es könnte auch etwas anderes sein, etwas völlig anderes ...

Es gab tatsächlich viele Hypothesen. Auch die beiden besprachen sie, die alten Kollegen aus der Kindheit, Kriegsgeneration. Nicht bloß Kriegsgeneration, ein anderer

Begriff mußte gefunden werden, der besser auf das zutrifft, was war und was folgte.

Ja, auch sie besprachen auf ihren langen wöchentlichen Spaziergängen die gleichen Alternativen. Diskutierten heftig, leidenschaftlich, unter dem erstarrten, undeutbaren Himmel. Sie nahmen die Sache mit jedesmal neuen Voraussetzungen immer wieder auf. Dies, so scheint es, regte die Kranke an, beruhigte sie. Sie beteiligte sich gierig an der Auseinandersetzung. Über ihr Leben, das der Freunde, der Bekannten, aller Marsmenschen, denen sie begegneten, oder an die sie sich erinnerten.

Schließlich schien sie frei, befreit. Eine unangreifbare Gewißheit, kosmisch, absolut. Die Stimme war dünner geworden, ruhig, das Lächeln heimlich, glücklich, fremd.

Ausgedünnt war scheinbar auch die Zeit, gläsern, krank, sarkastisch grölend. Das sarkastische Lachen, glücklich, zersprungen, scharfkantige schwarze Scherben.

Die plötzlich zum Klingen gebrachte Zeit der Abwesenheit. Ausgedünnt, zerrissen. Das unschuldige Lachen, gläsern, alt.